水重は祐人の鋭い眼光と倚白の切っ先を向けられても
莞爾とした表情のままだ。
だが、互いの間にある空間には気を抜けばそのまま
寿命をすべて持っていかれるような緊張感が走っている。
JN035186

神獣大召喚!!!!!!

文化祭に向けて女子高生&おっさんが会議中！

「……ボスは多分中心にいると思うが、
本当にいるかは分からない。だが、それでも行って欲しい」
「「任された！」」

最低ランクの冒険者、勇者少女を育てる 3

～俺って数合わせのおっさんじゃなかったか？～

農民ヤズー

HJ文庫
1059

口絵・本文イラスト　桑島黎音

LOWEST RANKED
ADVENTURER
RAIS
BRA

プロローグ　戦術教導官と新学期

「――やっぱこうなってたか」

今俺達の前には、空から降り注ぐ〝飴〟によって視界を制限されながらも、それでもはっきりと認識できるほどの存在がいた。

それは強大な力を持っているとか、姿が大きいとかではない。

体は五十センチほどで、俺みたいな雑魚でもちょっと殴れば殺せるような、小さく弱い存在だ。

赤紫色をした空飛ぶクラゲ。こいつらを簡単に言えばそうなる。

特筆すべきと言ったら、こいつらはモンスターで、空を飛んでいるって事だ。

さっきも考えたように、こいつら自体は俺でも倒せるくらい弱い存在だ。

だがそれでも、俺達はそんなクラゲに脅威を感じ、そしてこの制限された視界の中でもはっきりとその存在を認識できる。

なんでか。そんなの、雑魚だと分かっていながら警戒しなくちゃいけないくらいに、そして飴が降っていようがはっきりと分かるくらいに空を埋め尽くすほどの数がいるからだ。

「ってか、数が多すぎない？」

「百とか二百じゃ、足りない感じがする……」

「千……万？」

「いや、流石に万はいないでしょ……いないでしょ？」

「どう、かしらね。向こうにも同じような光景が広がってると考えると、万どころかさらに桁一つ増やしてもいいかもって、思っちゃうけど……」

見渡す限りのクラゲ。ここがこのクラゲ達の群れの中心ならば、その数は一万を超えないだろう。

だが、ここが中心ではなく、まだ全体の一部しか見えていないんだとしたら、クラゲの数は一万どころか十万、いや百万すらも超える事になるかもしれない。

そしておそらく、その考えは正しい。ここにはまだ、クラゲ達にとっては全体の一部しかいないんだろう。

そして、これからもその数は増えていく。

「状況は把握した。一度離れるぞ」

俺達は本来こいつらを倒しにきたわけじゃない。このクラゲどもは『イレギュラー』。

本来なら遭遇するはずのない敵だ。

現状、装備の相性を整えていない状態では戦う事になったら厳しいものがあるかもしれない。

こいつらをどうにかするってのは変わらないが、それでもあの数を相手にこのままつっこんでいくのはまずいと判断し、一旦話し合いをするために下がるように宮野達に告げる。

だが、そう告げて俺達が後退し始めた瞬間、何もせずに空を漂っていただけのクラゲ達は一斉に俺達に向かって触手を伸ばし始めた。

「っ⁉」

その触手は俺達に当たる前に、降り注ぐ〝飴〟から自分達の身を守るために北原が張っていた結界に弾かれたが、それでもお構いなしに狙い続け、弾かれ続けている。

今の今まで攻撃してこなかったのになぜ突然、と観察してみると、その触手はよく見ると先ほどまでとは形状を変えており、先端が針のようになっていた。それも、刺した獲物を逃さないための返しつきだ。

先ほどまでは全くと言っていいほど攻撃性を見せなかったのに、俺達が帰ろうとした瞬間にこの猛攻。

理由があるとしたら、俺達がこいつらから離れようとしたからか？

「何こいつら！　いきなり攻撃してきたんだけど⁉」

どうしてこいつらが動き出したのかを考えていたが、そんな悲鳴まじりの浅田の声が聞こえ、今は考えている場合ではなくこの場から脱出する方が先だと判断して思考を切り替える。

「チィッ！　浅田は北原を担いで宮野は安倍を担げ、走るぞ！　それから北原は結界を強化、安倍と宮野は前の奴らを減らせ！」

「「「はい！」」」

北原が張っていた結界の上に、更に魔法具を発動させて結界を重ねる。これでしばらくはもつだろう。

魔法使い系の北原と安倍は全力で逃げるとなると問題があるので、宮野と浅田に抱えてもらう。

正直なところ俺の能力が一番低いので俺も抱えて走ってもらいたいが、万が一に備えて動けるようにしておかないといけないし、流石に女の子に抱き抱えられながら逃げるなんて事をするわけにもいかない。主に俺のプライド的な問題だけど。

「走っても追いかけてくんだけど⁉」

「それでもとりあえず走るしかねえ！」

「一掃するのは無理なの⁉」

「全滅させないと追ってくるんだぞ。一撃で殺さないと増えるような奴相手に全滅なんて狙えるか！　いいから逃げるぞ！」

安倍が広範囲攻撃をすればひとまずは周りについてくる奴らは消せるだろうが、それでも遠目に見える奴らは消せないだろう。

焼け石に水。ぶっちゃけ無駄だ。だったら逃げ切ったほうがいいと思う。

「伊上さん、やっぱり無理ですよこれ！　ずっと追ってきてるし、さっきよりも増えてます！」

「くそっ！」

だが、クラゲの動きは思った以上に速く、なかなか引き離せない。

その上、もともと進路上――俺達が通ってきた場所にいたクラゲの数が異様に増えている。

おそらくは俺達の逃走を察した瞬間に何らかの指示が行って分裂して数を増やしたんだろうと思う。ここには餌は掃いて捨てるほどあるからな。

「容器を下ろしたところで止まれ！　あの結界なら多少なりとも役に立つ！」

くそっ！　どうしてこんな事になったってんだ！

確かにここはダンジョンだ。イレギュラーに遭遇する可能性はどうしたって消しきれない。

だが、俺達は文化祭の準備のために来ただけだったはずだ。

楽しい学生イベントの準備のはずが、なんでこんな命懸けの追いかけっこをしなくちゃならんのだ。

いるんだとしたら恨むぞ、神様よお！

素材の回収に来てまたもイレギュラーに遭遇するだなんて、いったいどんな確率になってんだかなあ！

宮野達と再会した日から遡り、学生達は春休みのとある日。俺の家に普段にない客人がやってきていた。

「――それじゃあ、これからよろしくー」

その客人とは、俺の姉の桜木葉月と、その娘の桜木咲月だ。

「よろしくって……今日は話し合いだけのはずじゃなかったのか？」

今日は咲月がこっちで暮らすにあたって事前の話し合い——のはずだったんだが、なんでか知らないがかなりの大荷物を持ってきている上に、今日から泊まるとか言い出しやがった。

「でも話し合ったところで、どうせ引き受けてくれるんでしょ？　だったら一回向こうに帰ってまたこっちに戻ってくるって、無駄だしお金かかるじゃん」

「まあそうだけど……」

確かに、話し合いをしたところで、最終的には俺は姪——咲月がここに泊まるのを許可しただろう。

けど、それとこれとはなんか違わないか？

「荷物は必要なら後で送ればいいし、ね？」

「そんな送るほど荷物置かれても困るんだが……」

この部屋はそんなに広いわけじゃないんだから、荷物を大量に送られても置く場所がない。

「って言っても、色々と必要でしょ。パジャマとかパンツとかさ」

「……まあ、その辺は必要なのは分かるし好きにすればいいと思うけど……っつか、寮はどうなんだよ？　こっちに越してくるのも俺が教えるのもいいけど、何もここで暮らす必要なくないか？　学生なら申請すれば寮に入れるはずだろ？　そのための寮なわけだし」

こっちの学校に通うのはいいとしても、なら寮を使えばいいと思う。それなら俺だって荷物の量でとやかく言う事はない。

「そうなんだけどねー？　でも、色々考えたんだけど、やっぱり何か教えてもらうんだったら寮よりこっちかなって。聞いた話なんだけど、冒険者学校って、学校が終わってもその後になんか色々活動するんでしょ？」

「まあ、そうだな。俺が知ってるのは夏休みくらいっからの話だけど、放課後には訓練やダンジョンの攻略に行ってるな」

宮野達は毎日のように学校が終わってからダンジョンに潜ってた。あいつらのペースが普通だとは思わないが、それでも放課後に訓練なんかに使ってる奴らがほとんどだろう。

「でしょ？　でも寮って門限があるし、色々活動してから門限までの時間だと、大して教えられないいんじゃないかなって思ったのよ」

まあ確かに、寮生活だとどうしても時間は限られるし、そうなると必然的に鍛える時間も減る。

「でも、ここで暮らせば門限関係ないし、分からないところがあってもすぐに聞く事ができるし、相談だってできるでしょ。学校以外で逃げ場があるのだって大事だし、学校関係以外で頼る事ができる家族がいるのも、大事だと思うのよ。特に、咲月みたいによその県から一人でやってくる子は」

「……まあ、話は分かったけど、そもそもあんたの娘はそれでいいのかよ？　家族って言っても、ろくに付き合いのないおっさんとだぞ？　しかも、こんな狭いアパートで二人だ」

理由は分かったが、それでも親戚とはいえおっさんの家にずっと泊まるなんて、年頃の女の子なら嫌がるんじゃないだろうか？

「だ、大丈夫です！　せっかく色々教えてもらえるんですから、この機会を逃すわけにはいかないですし、お願いします！」

と思ったのだが、当の本人である姪がはっきりとそう口にしてきた。

見た目としては髪をサイドでまとめていて、身内補正がかかっているんだとしてもそれなりに可愛いと思える少女だ。

だが、今は緊張しているからか昔会った時とは態度が変わっていて、僅かに声が震えており、硬さが見て取れる。

「どう？」

「……まあ、元々受けるつもりだったし、構わない」

「ありがとう」

「ありがとうございます」

葉月としても俺が断るとは思っていなかっただろうが、それでも俺が受け入れを承諾した事で安堵したようで、ホッとした様子を見せ、そんな姉に続いて姪の咲月もお礼の言葉とともに頭を下げてきた。

「ただ、まだ正式に泊まるとは思ってなかったから部屋を空けてない」

「あー、だいじょぶだいじょぶ。咲月はその隅っこにでも場所作って使わせてもらえれば、多分そこで寝るから」

「そんな適当でいいのかよ」

葉月は部屋の片隅を指さしてかなり適当な感じで言っているし、それが元々の性格なのは知っているが、流石にそれは適当すぎじゃないだろうか？

「っていうか、浩介。あんたそれなりに金持ってんだからもっと広いところに引っ越せばいいのに」

確かに、俺は引っ越すだけの金を持っている。それでも引っ越さないでこんなボロいアパートで暮らしているのかって言ったら、それはただの感傷からだ。昔の……恋人との思い出を捨てるようで嫌だったから。そんな理由だ。

だが、それを言うつもりはないので適当に誤魔化す。

「男の一人暮らしにいくつも部屋があったところで、そんな使わないだろ」

「まあ一人だとそっか」

葉月はそんな俺の言葉の裏を知ってか知らずか、特に突っ込んでくる事もなくさらりと話を流した。


「それじゃあ私これで帰るから。咲月の事よろしくね」

それから少し話をしていたのだが、一区切りつくと葉月はそう言いながら席を立った。

「もう帰るのか？　泊まったりはしないのか？」

時間的にはまだ夕方前だが、これから家に帰るとなったら何時間もかかるだろうし、こっちに来てその日に帰るってのはちょっと慌ただしい。だからてっきり泊まってくもんだと思ってたんだけどな。

「まあね。だって明日も仕事だし。……なあに？　お姉ちゃんに泊まって欲しいの？」

葉月は俺の頰を指でつつきながら、そこはかとなく腹の立つ笑顔でそんな事を言ってきた。だが……。

「いやまったく。むしろさっさと帰れとは思うけど、この子の事を考えるといきなり知らないやつの家に放り出されるのは嫌だろ。せめて一日くらいは一緒に泊まってやるべきじゃないか？」

正直、この姉にはさっさと帰って欲しいと思っている。嫌いではないが、今の感じで構ってくるので鬱陶しいのだ。

ただ、姪の事を思うと、せめて初日くらいは一緒に泊まってやるべきじゃないかと思うのだ。

「知らないやつって、叔父と姪じゃん。昔は一緒に遊んでくれたでしょ？」

「そうだけど、何年も前の話だろ。子供の頃に遊んだだけのやつって、それはもう他人じゃないか？」

「でも、どうせこれから一緒にここで暮らすわけだし、一晩くらい違ったところで大した違いはないでしょ。咲月だってそれくらい大丈夫だろうし。ね？」

葉月はそう言いながら娘の咲月へと顔を向ける。

「うん」

「ほらね？」

「……はあ。まあいい。とりあえず預かるけど、嫌だって連絡でも受けたらすぐに寮か他の場所を手配できるようにしておけよ」

「はいはーい。分かってるー」

今返事をしたけど、どうせ家に帰った頃には忘れてるだろうな。……後で夫の翔吾さんにも連絡して、俺の方でも準備だけはしておこう。

「それじゃあ咲月。頑張ってね」

「うん。私は大丈夫だから、ママも無理はしないでね。あと、パパにもよろしく」

「うん。それじゃあ、バイバーイ」

そうして葉月はアパートを出ていき、部屋のドアが音を立てて閉まった。

「……行ったか」

姉の消えた後、そう呟いてから振り返ると、咲月と目が合った。

だが、流石に少し気まずい。

「あー……それじゃあ、改めて少し話そうか」

「はい」

そうして俺達はもう一度先ほどまでと同じように座り直し、向き合う。

「何年か前になるけど、それなりに会った事はあるから覚えてるよな?」

「はい。小さい頃は遊んでもらった事もありますし、覚えてます」

「そうか。まああの時とは歳が違うし、昔みたいに、とはならないだろうけど、あんまり硬くなりすぎなくて良いからな。これからよろしく」

「はい。これから迷惑をかける事になりますけど、よろしくお願いします」

「ああ。別に迷惑とかではないから、気にしなくてもいい。俺だって、身内が死ぬのは嫌だし、俺で役に立つなら知識を教えるくらいなんて事ないからな」

色々と面倒だと思っているのは確かだが、同時に、俺で役に立てるならいくらでも協力するつもりでいるのも確かだ。

これが赤の他人となると断っただろうが、まあ、身内——家族だからな。

「まあそれはそれとして、あー……咲月」

子供の頃のように呼び捨てにしてみたのだが、これで大丈夫だろうかと少し不安になる。何せ年頃の女の子だし、何か嫌がるかもしれない。

「はい。なんですか?」

だが、そんな俺の考えとは違って、咲月は特に気にする様子もないようだった。

「部屋に関してはさっきも言ったけど、まだ準備できてないんだ。だもんで、どうするか悩むんだが……」

「それはさっきママが言ったようにその隅で大丈夫です」

咲月は母親と同じように、部屋の隅を指さしてそう言った。

「本当にいいのか？　布団は予備があるけど……」

「はい、大丈夫です」

再度問いかけてみても、返事は同じなので、これ以上何か言うのはやめておこう。

まさか俺の部屋で寝ろって言うわけにもいかないし、俺がこっちで寝るから代わりに俺の部屋を使えって言ったところで、むしろ遠慮するだろうからな。

「なら、あー……明日は無理かもしれないけど、できるだけ早くそっちの部屋を空けるから、それまで我慢してくれ」

「え？　あ、うん。でも、そんなに急がなくても大丈夫ですよ？」

「どうせやるんだ。なら、早く終わらせたほうがお互いのためだろ」

部屋を用意してないと、なんか無駄にハプニングが起こりそうだし、そんな事になるとお互いに気まずくなる。だったら後回しにしないでできるだけ早く部屋を用意してやったほうがいいだろう。

「でも、受けてくれて、本当にありがとうございます」

「ん？　ああ。まあどうせ暇だしな。もうこれからは一日中家にいるだけだ」

「え？　えっと、仕事は……」

俺の言葉に咲月は少し戸惑ったような様子を見せたが……なんだ、俺が辞めたって話は母親から伝わってなかったのか？

「この間までは冒険者兼教導官やってたけど、今んところ無職だな。まあ、次の仕事の面接は終わってるし、コネ入社だからほぼ内定してるけどな」

「コネ入社！　聞こえは悪いけど、憧れはあるよね！」

「まあ、なんか特権階級って感じはするな」

俺が冗談めかして話してやれば、咲月も昔のように素の様子を見せて反応した。

これから一緒に住むにあたって問題も起こるだろうが、咲月も最初の時よりも緊張が解けた感じだし、出だしとしてはまずまずだろうか？

姪である咲月を預かってから一週間。物置として使っていた部屋も片付け、今ではお互いに別の部屋で過ごす事になった。そのおかげもあってか、特にハプニングが起こる事もなく今日までやってこられた。
「それにしても、あの姉からよくもまあこんなしっかりした子ができたもんだ」
「あー、ママは結構ズボラなんで、そのせいだねー」

「ズボラなのは知ってるけど、娘にまで言われるようじゃ終わりだろ」

「その分パパがしっかりしてるしー、まあ釣り合いは取れてるんじゃないかな?」

「そんなもんか?　翔吾さんも大変だな」

「でも、パパは誰かの世話をするのが好きみたいなんで、多分大して気にしてないんじゃないかな?」

「……ほんと、いい人捕まえたもんだよ。あの姉」

今の夫に出逢えず結婚してなければ、今頃どうなってた事か……。

「それにしても、随分と砕けた態度になったな」

この一週間の生活で、咲月の態度も随分と砕けたものに変わっていた。

俺としては気楽にしてもらったほうが余計な気を遣わずに済んでありがたいから良いんだが、最初との落差が激しいな、と思わなくもない。

「んー?　あー、うん。まあねー。でも昔はこうだったでしょ?」

「まあ、そうだな。でも、ここに来た時はもっと大人しかっただろ」

「だって何年も会ってなかったし、少しくらいはちゃんとしておかないとだしね。それに……前に会った時はちょっと怖かったし」

「ああ……そうだったな」

前に会った時ってのは、美夏が死んで俺が荒れてた時だ。あの時葉月は俺を心配して家族で来てくれたけど、俺は睨んで追い返した。

その時の事を覚えていたからこそ、最初ここに来た時緊張した様子だったんだろう。まあ、その緊張もこの一週間で消えて、素の態度で接してくれるようにはなったから良しとしておこう。

「なんにしても、馴染んでくれたようで何よりだ」


それから数日が経ち、咲月が入学するまであと一週間となった。

「そろそろ入学だな」

「うん。叔父さんも入社日近いんでしょ？」

咲月はもうすぐ入学だが、俺もそこらへんのタイミングで新しい仕事に行く事になる。

とはいえ、どんな仕事なのかはヒロからまだなんの連絡もないけど。

「ああ。まあ、まだどんな仕事なのかも知らないけどな」

「そんなんで大丈夫なの？　騙されたりしてない？」

「ないない。一応友人からの勧めだしな。国の機関だし、これからは公務員だぞ」

「おー。安定するね！　……でも、公務員って思ってるよりきついらしいよね」

「まあ、多少は仕方ないだろ。命懸けでダンジョンに潜るよりマシだ」

「……ダンジョンかあ～。どんな場所なんだろ～」

咲月は『ダンジョン』という言葉に反応して、わずかに口元を緩めながら楽しげな様子で話しているが……ダンジョンなんて、そんな楽しい場所ではない。

確かに、冒険者は一攫千金を狙える仕事だ。だからこそ、こうして夢を見るのは分かるし、まさしく『ファンタジー』な光景を見られる仕事だから楽しみなのも分かる。

だが、それではダメだ。

「咲月」

「え？　うん。なあに？」

俺が真面目に声をかけてやれば、俺の様子が普段とは違う事に気がついたのだろう。咲月は若干の戸惑いを見せながら首を傾げた。

「今まで色々と教えてきたが、最初に言った事は覚えてるか？」

咲月がやって来てからこれまでの間に、俺は冒険者として必要な事を多少なりとも教えてきた。今からやったところですぐにどうなるってわけでもないけど、トレーニングだってさせている。

だがそんな教えの中で、最初に言った事がある。

「最初……。えっと、『ゲートを潜ったらどんな状況でも油断はするな』だよね？」

「そうだ。ゲートの向こう……ダンジョンの中はそんなに楽しい場所じゃない。特に、俺達みたいな階級の低い奴らにとってはな。そりゃあ多少は良い風景や経験した事のない事があって楽しいかもしれない。だが、それでも忘れるな。あそこは『化け物が人を殺すための場所』だ。これから冒険者としてやっていくお前の夢を壊(こわ)すようで悪いが、それでも言わせてもらうくらい危険な場所だ。それを絶対に忘れるな」

「……はい。分かりました」

俺の言葉を聞いて、咲月は気落ちした様子を見せながらも真剣(しんけん)な様子で頷(うなず)いた。

「それから、勉強や訓練に関してだが、それはお互いに新しい時間割が確認(かくにん)できてから決めるぞ。じゃないと、いつが自由に使えるのか分からないしな」

「はい」

「お互い新しい環境(かんきょう)で大変だろうが、俺もできる限り時間を作ってやる。だから、頑張れ」

「はい！」

◆◇◆◇

そうして春休みが終わり、咲月の入学式で学校に行ったら、なんかなし崩し的に教導官にさせられた、というのが今の俺の状況だ。

そんなわけで、新学期が始まった翌日の今日、俺は以前のように学校にいるわけだが……。

「ああ……諸行無常ってこういう事を言うんだろうな」

学校の敷地内に立って空を眺めていると、自然と口から言葉が漏れた。

どうして俺はこんなところにいるんだろう？　冒険者は辞めたはずなんだけどなー。

一応冒険者資格は残してあるけど、それでもちゃんとチーム脱退手続きはした。

だというのに、なんで俺はこうして防具を身に纏って剣を腰にぶら下げた状態になっているのだろう？　あまつさえ、なぜそんな状態で、学校というもう二度と来ないであろうと思っていた場所に来てるんだろう？

いや、状況というか、なんでこうなったのかは理解しているんだが……全くもって理不尽だ。

「なに馬鹿な事言ってんのよ」

「そうですよ。ちゃんと仕事してくださいね——先生」

そんな俺の呟きを聞いていたんだろう。同じく武装した状態のチームメンバーである浅田佳奈と宮野瑞樹がそう言って声をかけながら近寄ってきた。

宮野は俺の事を『先生』と呼んだが、それは何も俺がこいつらに色々教えたからじゃない。

まあこいつら的にはその意味もあるんだろうけど、正しい理由としては、教導官が正式に資格制になった事で教師と同じく『先生』と呼ばれる立場になったからだ。

実際に教壇に立って教えるわけじゃないけど、それでも学生達に教えるわけだし、役職的には教師枠で公務員だ。

やったな、俺！　俺も根無し草の冒険者から公務員になったんだぜ！

……はあ。なりたくなかった。……時間って、戻んねえかなぁ。

「前に進もうって決めたけどさ、ちょっと急ぎすぎじゃねえかね？」

あの学校襲撃の事件の日、俺は元恋人の夢、というか幻を見た。

そのおかげで俺は過去から前に進もうって思えたんだが、進むにしても少し急じゃないだろうか？

俺としては冒険者を辞めてから数年……最低でも一年はダラダラ他の仕事をして心の整理でもしながら暮らしたかったんだがな。

美夏、お前は俺の背中を押したけどよ……お前もこんな展開は予想してなかっただろ？

死んだ元恋人の顔を思い浮かべながら、心の中で呟いて一度大きく息を吐き出すと、改めて目の前にいるチームメンバー達へと向き直った。

「……これからみなさんの戦術教導官として活動していく事になりました伊上浩介です。よろしくお願いします。……はあ」

「ちょっと、そんな嫌そうにため息しないでよ」

「伊上さん。こちらこそ、これから〝も〟よろしくお願いしますね」

「今回は辞めさせない」

「えっと、みんな頼りにしてるのは本当ですし……よろしくお願いします」

浅田の文句を皮切りに、宮野、安倍、北原と続けて言葉をかけてきた。

辞めてから春休みの間はこいつらと会わない生活が続いていただけに、この騒がしさは懐かしいが、煩わしくも感じる。

「帰りたい」

「何言ってるんですか。これからがお仕事本番じゃないですか」

宮野はそう言いながら笑い、その言葉に釣られて他の三人も笑みを浮かべたが、俺だけは仏頂面のまま再びため息を吐くのだった。

まあそんなわけで、なんだかんだと色々あって俺はもう一度宮野達のチームメンバーとして、それから『戦術教導官』として活動する事になった。

仰々しく『戦術』なんて改めた名前だが、前に俺がやっていた『教導官』と新しく俺がやる事になった『戦術教導官』ってのは、ぶっちゃけそんなに大きな違いはない。

今までみたいにダンジョンに潜って、学生と一緒に授業に参加して……まあその程度だ。

だが、生徒達が各自交渉して仲間に引き入れる単なるアルバイト的な教導官とは違って、戦術教導官はれっきとした仕事、それも公務員だ。

つまり、なにが違うのかってーと、普通の冒険者にはないような様々な保障がついていて、冒険者としての活動以外にも固定給が支払われるって事。

それから、やる事もやらない事もはっきりと決められているって事だ。

今までなら週何回かの必要最小限の授業だけ面倒見てればよかったんだが、今では毎日学校に通わなくちゃならない。

毎日って言っても休日はあるけど、それでも週五で学校だ。ちょっときつい。

まあ、普通に仕事する場合でも週五なんだけどさぁ……俺がここに来なくちゃならなくなった理由とか状況とかのせいで、なんつーか気が重い。

一応公務員だから金はもらえるんだけどな？　なかなかの高給だぜ？

でも、そんな金いらないから――むしろこっちから同じ分の金払うから辞めさせてくんねえかな？　……辞めさせてくんねえんだろうなぁ。

一章　文化祭に向けて

戦術教導官となった俺は、武装した状態で学校に来たのだが、今日はいつもとは少し違って訓練場に行くでもダンジョンを潜るでもなかった。

ではなんで武装しているのかと言ったら、今日が顔合わせだからだ。

俺達はすでに知り合いだし以前と変わらないが、他のチームには教導官が変わったところもある。そのため、今日は新しい教導官との顔合わせのために、各自武装して来ていたのだ。だが、言ってしまえばそれだけ。

「ね、ねえ。部屋には入れるけど、大人しくしててよ？　なんかしたら怒るから」

「大人しくも何も、何もするつもりはねえから安心しとけ」

「はっきり言われるとそれはそれで……むぅ」

顔合わせをしたらその後は特に何もやる事もなく、普通に帰る事ができたはずなのだが、俺はなぜか浅田に与えられた寮の私室にやって来ていた。

なんで俺はこんなところにいんだろうな？

「てきとーに座ってて。今なんか出すから」

　そうして俺達は部屋の中へと入っていったのだが、浅田の部屋は、なるほど。普段の態度や荒々しい戦い方や粗雑にも思える態度に反して、女子高生というに相応しい感じのなかなかに乙女チックな部屋をしている。……気がする。

　まあ実際に乙女チックってどんな部屋だよ、って言われても答えられないので気分的にそんな感じがするってだけだが、ぬいぐるみが置かれてたり、私服なんだろう、女の子っぽい服が壁に掛けてあったりしている。

　あとは部屋の隅を見てみると作りかけのぬいぐるみ……あみぐるみ、だったか？　その残骸が置かれている。

　あれは片さないんだろうか？　と思うが、まあそんな気を遣ってもらう必要もないか。

　それに、俺の姉の学生時代の部屋よりマシだ。

　あの姉、部屋に入ると足の踏み場もないくらいに服とか脱ぎ散らかしてあったし、客が来るからって片付けても「あ、こいつ急いで片付けたな」ってのが分かるくらい汚い部屋だった。

　部屋にはゴミ箱じゃなくて大きなゴミ袋がそのまま置かれてて、一ヶ月とか余裕でゴミを出さなかった。

あいつ、結婚したはいいが、ズボラさから相手に逃げられないだろうかと心配だったが、なんとかなったようで何よりである。

まあそんな姉に比べると大変失礼だが、こいつは普段からそれなりに掃除をしているようだし机の上には綺麗に本が並んでるしで、すごく好ましい部屋だと思う。

「――さて、今日みんなに集まってもらったのは他でもない、文化祭の事よ」

浅田がお茶と菓子の用意を終えて輪の中に戻ると、俺達がここに集まった本題が話し始められた。

「文化祭の事って、佳奈ちゃん、参加するの？」

「うん。だって女子高生でしょ？　こういうイベントは楽しみたいじゃん」

「んー、けど、参加するにしても、私達だけってなると色々大変じゃない？」

「そこはほら、工夫するとか、外部から人を呼んで助けてもらうとか」

にしても、文化祭ねぇ……この時期にやるのは珍しいんじゃないだろうか？　俺のイメージでは十月とかその辺なんだが……ああ、ランキング戦とかぶるか。

確か十月とかその辺りには体育祭代わりのイベントがあったな。それと被んないようにしてるのか？

まあなんにしても、学生らしいイベントって言やあ、らしいか。

こいつらも一応……いや、れっきとした女子高生なんだから、参加はしたいだろうな。

……にしても、女子高生かぁ。

普段は一般人にとっては命懸けの戦いを難なくこなしてるような猛者だが、こうしていると普通にそこら辺にいるただの女の子にしか見えないよなぁ……。

そんな女子高生の部屋に俺みたいなおっさんがいるのはアリなのか？　なんて思ってしまうが、その辺はもう気にしない事にしよう。どうせ、これからこいつらが卒業するまで付き合ってく事になるわけだし、部屋に入ったからって騒いでいたら、これからやってられない。

まあ、気にしないとはいっても、気分と世間体的にあんまり入り浸りたいと思える場所ではないけどな。

「外部からねぇ……まあやるにしても、やっぱりなにをやるか、よね。じゃないとどれくらい呼ぶかも決められないもの」

俺がそんなどうでもいい事で悩んでいる間も話は進んでいく。

「んー、定番だと、コスプレ喫茶、とか？」

「でも喫茶店は人が必要じゃないかしら？　コスプレはいいと思うけれどね。こんな機会でもないとしないもの」

「ん。じゃあ移動販売」

「確かにそれなら喫茶店よりは人が少なくて済むけどさ、売り上げ的にどうなの？　どうせやんならいっぱい稼ぎたいじゃん」

　話は進んでいくのだが、まあ俺には関係ないだろ。だって学生の祭りだし。

　頼まれれば協力くらいはするけど、自分から出しゃばる必要もない。

　ただ、そうなるとこの状況をどうするかってなるんだが、できる限り空気になっていよう。

　確か鞄の中に冒険者用のファッション誌が入ってたし、それでも読んでおこう。

「えっと、衣装は、コスプレで決定なの？」

「なんのコス？」

「そもそも衣装なんて手に入んの？」

「一応みんなコスプレには賛成なのね？」

「まあ、楽しそうではあるし？　……ちょっと恥ずかしい気もするけど」

　……へー、ここ新しいの出したのか。確か前のは一年半くらい前だったか？　なら遅すぎるくらいか。

　でも、冒険者関連で半端なもん出すとすぐに潰れるからな。時間をかけてでもいいもの出したほうがいいのか。

「ちょっとそこ。あんた関係ないフリしてるけど、あんたも当事者なんだから、話に参加してよね」

部屋の隅で話を聞き流しながら雑誌を読んでいると、浅田が俺に向かって小さなぬいぐるみを投げてきた。

「……つってもよぉ。それって教導官の仕事か？」

「仕事に決まってんでしょ」

俺は飛んできたぬいぐるみを手で受け止めると、顔を上げて問いかけた。

だが、浅田には迷う事なく返されてしまった。

そうかぁ、これも仕事だったのかぁ……。

「何か案があったりしませんか？」

仕事の幅(はば)が広すぎねえかなぁ、なんて思っていると、宮野(みやの)の声が聞こえた。

仕方ない。まともに考えるかな。

「はあ……で、なんだっけ？」

「文化祭についてなんですけど……どんな出し物をするかなって。あっ、コスプレをする方向で行きたい、とは決まってます」

そこは決まってんのかよ。

そういやあ聞き流してたけどそんな話をしてたか？

「――てか、そういうのってクラスごとに決めるもんじゃないのか？」

普通、こういう学園祭の出し物なんてのは、クラスごとに決を取って決めるもんだと思う。

こいつらがここで話し合ったところで、意味なんてあるんだろうか？

……いや？　もしかしたら実行委員的なあれか？　それで先にある程度話し合ってるとか？

「ああ。この学校はちょっと変わってて、クラスごとじゃなくて有志での参加なんです。三人以上なら何人でも一つの班として参加できるんですよ」

「勉強や訓練に集中したい人とか、文化祭に参加してる余裕なんてない人もいるからね」

ああそういう。まあ、怠けたらその分死にやすくなる訳だし、余裕がない奴は文化祭なんて参加したくないのかもな。

特に、昨年度の襲撃事件を体験してる生徒達はその思いが顕著であってもおかしくない。

何せ、実際に死にかけたのだから。

まあいい。こいつらは参加するみたいだし、他の奴らの状況については俺が考える事でもない。今はこいつらの話について考えるか。

「で、お前らはチームで参加すると」

「はい」

「もちろんあんたもね」

……うん。知ってた。話に参加だけじゃ終わんないよなぁ。

とりあえず、手に持っていたぬいぐるみを浅田へと投げ返してから答える事にした。

「まあ無難なのは販売系――それも食べ物じゃなくてそれ以外だろうが……」

「あ、あの、なんで食べ物系以外、なんですか？」

俺の言葉に北原が問うてきたが、理由としては簡単なものだ。

「人手がいるからだ。材料の仕入れ、調理、裏方、販売、なんかあった時の対処や細々とした事務。お前らだって普通に文化祭を見る事もしたいだろうし、ものによっても変わるが、食べ物系はとにかく人がいる。だが、置物や飾りなんかだったら作り置きができるから割と楽だと思うぞ」

クラスでまとまった人数を用意して、というのなら飲食系もある程度は余裕を持ってこなす事ができるだろう。

だが、こいつらはチームで参加すると言った。圧倒的に人数が足りない。

だ。


外部から人を呼ぶ、なんて話をしていた気がするが、これはあくまでも生徒主体の祭りだ。

生徒四人に外部の大人十人、なんて構成になったらそれはなんか違うだろう。

だが、俺が理由を説明しても納得してなさそうな顔をしている四人組。

その気持ちは分からないでもない。学園祭の華って言ったら飲食系だもんな。

飾りを売るのなんかも悪いって訳じゃないけど、それでもこいつらみたいに祭りを楽しむために店を出したいってんなら飲食系の方がいいと思う。

祭りで買い食いをしたいし店側としても参加してみたい、って事なら作り置きとかでもいいんだと思うけどな。

「まあ、品数を絞って手間がかからないのだったらできるかもな。それに、お前ら四人揃って祭りを見て回るのは無理でも、移動販売って事で二、二に分かれて祭りに参加する事はできるだろうよ。外部から雇うのがアリなら、できるはずだ」

仕方ないので、代案を出す事にした。

問題は外部から雇うって言っても、金がかかるかもしれないって事だが、まあこいつらは結構金稼いでるし大丈夫だろう。

それに、ヤスとかケイあたりに話を通せば人を出してくれるかもしれないから、その辺は多分なんとかなる。はず。

「あとは……ああ。金を稼ぐんだったら、売るのはダンジョン素材を使ったものがいいぞ」

補足としてそう言ってやれば、宮野達が……主に浅田が金を稼げると分かって、笑顔だけではなくついには喜びの声もあげた。

「……？　でも資格は？」

その中で、安倍はふと不思議そうに首を傾げたあと、俺を見ながら口を開いた。

「資格？　なんの？」

「ダンジョン産の素材を使った調理物を売るには、資格が必要のはず」

「へー……えっ⁉　だめじゃん！」

浅田は叫びながら驚いた様子を見せているが、後の宮野と北原の二人も驚いているようだ。

どうやらダンジョン素材を使う際の資格については安倍しか知らなかったようだ。

むしろ、なんで安倍は知ってるんだろうな？

まあいい。多分本かなんかで読んだんだろう。あとはニュースとか。知る手段なんていくらでもある。

「一応抜け道はあるんだけどな」

「ある。定められた工程を行わなければ『調理物』として見なされないんだよ。簡単に言えば火を通さなければいい。ジュースとかみたいに、ダンジョンの果物をミキサーにかけて売る。それくらいなら普通の果物と同じ扱いになる。お前らも移動式のジュース屋とか見た事ねえか？」

火を通すと性質が変わったり破裂したりする素材なんて結構な数あるからな。酷いものになると、火を通すと放射能をばら撒く。

「あー、あるかも。あれって資格持ってないんだ……」

「普通の調理師資格は持ってるだろうな。ただ、ダンジョン産の特殊なやつは持ってないってだけだ」

火を通さなくても毒があるものもあるが、それは当然使ってはならない。

毒がない一部の食材は、ダンジョン産のものであっても普通の食材として使ってよかったはずだ。

使っていい食品に何があるのかはすぐにネットで見られるし、そういった『普通の』ダンジョン産の食材を使っている者は結構いる。

「でも、火を通さないとなると、結構限られますよね」

「ジュースだけ？」

「そ、それは、ちょっと寂しくないかなあ？」

そんな北原の言葉に他の三人も黙ってしまう。

だが、確かに他の喫茶店なんかに比べれば寂しいとは思うけど、そこはもう仕方がないだろうと思う。

他にも果物の飾り切りなんかもあるが、結局のところ少人数でできるのなんて、所詮は作り置きができたり工程の少ない簡単なものだけだ。

まあ、案は出したし、あとはそっちで悩め。

「で、火を通さないって何ができんの？」

そう思って視線を再び雑誌へと落としたのだが、しかし浅田はそれであきらめるのではなく、俺を見て話しかけてきた。

「……ちったぁ自分で考えるとか調べるとかしろよ」

というか、なんでも聞けばいいと思っているんじゃない。

食材と言ってもダンジョンに関する事なんだから自分達で調べろよ。そう教えたはずだろうに。

「だから、調べてんじゃない。知ってる人に聞くのも、調べるうちでしょ？」

確かにそうだと言えない事もないが……。

「猪が変に知恵を使って屁理屈こねやがって」

「誰が猪よ」

お前だよ。……反撃が怖いから言わないけど。だからその拳は下ろしとけ。

「でも、伊上さん。伊上さんはダンジョンで採れる食材とかで、商品になりそうなものって知ってるんですか？」

「ん、まあ、一応知らない訳じゃない。と言うか、知らないとダンジョン内で食料が尽きた時に死ぬからな」

そこまで言って、はたと気づいた。

「……そういえば、お前達にはそういった知識面ではあまり教えてなかったか？」

俺はこいつらにダンジョンの敵だとか生き残り方だとかは教えてきたが、何が採れるかだとか、どうやって活用するかだとかの知識面を教えた記憶がほとんどない。

それは一年の時しか教えないいんだったら、後で自分で身につけられる知識よりも技術を教えようと思ったからなんだが……教えてこなかったのは事実だ。

「そうですね。今までは戦闘面の技術ばかりでしたね」

「時間がなかった」

安倍は俺を擁護するような事を言っているが、それでも俺が知識面を蔑ろにしていたというのは変わらない。

それを俺の不手際とするなら、食材だなんだについて自分で調べろって突き放すのも無責任か？　……仕方ない。

「まあいい。とりあえず知ってる事は教えてやる。本当にやるんだったら資格が必要ないものを教えてやるし、必要になっても資格は用意できるから安心しろ」

「伊上さん、免許持ってるんですか？」

「いや？　俺じゃなくてケイ――っと、あー、ほらお前らも会った事があるけど、俺の元チームメンバーだ。あいつダンジョン素材を使った調理師やってんだよ。やるんだったら呼んどけば資格については問題ない」

ケイの家は飲食店だ。あいつはそこで……もう家を継いだのかは分からないが、とりあえずそこで働いている。

そのために資格も取ってたし、前もって頼んでおけば来てくれると思う。

「で？　お前らは本当にダンジョン素材の料理系の店をやるのか？」

俺の言葉に四人とも頷いた。

「コスプレがしたくて、ダンジョン素材を用いた飲食系の店で、なおかつできるだけ金を稼ぎたいと」

俺の言葉にもう一度揃って頷く四人だが、結構難しい、ってか欲張った事言ってるぞ。

いやコスプレはどうでも良いんだが、少人数で金を稼ぎたいとなると、少し考えないといけない。

「加えて、できるだけ調理が簡単で素人が少人数でもできるものとなると……」

人手が少なく簡単で、なおかつ文化祭という状況で売れそうなもの、か……。

多分宮野がいればそれだけで売れると思うんだけどなぁ。だって『勇者』だし。

高校生で勇者の称号を与えられた天才の店。

見物する奴も繋がりを持ちたいからって奴も、結構集まると思う。

けど、それはこいつらの望むようなものじゃないだろうな。

だとすると真っ当に金を稼げそうなものを考える必要がある。

まず手間云々を抜きにして、味や見た目の出来が悪くても人を集められそうなものって言ったら、高級品か希少なものだよな。高い物や珍しい物ってのはそれだけで価値がある。

売れる売れないは別にして、見るだけでも人が集まってくるだろう。

少なくとも、普通に学生が使うようなありきたりなものじゃなければ、人はある程度集まる。

まあ高すぎると本当に売れないわけだが、そこは学生の作ったものだから品質が～、とか言っておけば、安く売る事はできる。

それでも他の学生達の商品よりは高いかもしれないけど、一般人の手の届く範囲まで安くする事はできるだろう。通常よりも何割か安い高級品となれば、それだけで売れるはずだ。

変に安いと怪しまれるが、そこはさっき思ったように見た目の悪さや、『勇者』の名前を使えば問題ないはずだ。

勇者の名前で人を集めるのは嫌がるだろうが、その程度は許容範囲内だと思う。

値段が高いとそれだけで売れる数量自体は減るかもしれないが、それはそれでいい。なんたって人手が少ないんだ。売れる量が減るって事は作業量が減るって事で、その分人手が少なくて済むし、一人当たりの仕事量が減る。

店をやりたいって言っても祭りそのものも楽しみたいだろうし、それでちょうど良いと思う。

まあそんなわけで仮に高級品を売るとして、そうするんだったらその素材が高くなるが、それは自前で採りに行けばいいからそれほど気にしなくていいだろう。

一応俺が行った事のある場所なら助言や注意くらいはできるし、こいつらなら採取くらい簡単にできるだろう。なんたって一級と特級だし。

それがこいつらの強みだよな。自分で採ってくるから元手はかからないし、それを謳い文句にする事だってできる「採取から調理、販売まで全部学生がやってます」ってな。学生のやる文化祭には良いと思う。

で、高級品の中でも売れるものって言ったら、味と見た目だ。

さっきは「味と見た目が悪くても」なんて言ったが、どっちも良いに越した事はない。

味と見た目、どっちが素人でも技量を上げやすいかって言ったら、まあ見た目だと思う。

そりゃあ飴細工みたいなのは話が別だが、普通の料理の盛り付けとかならどうにかなるはずだ。

なので、基本方針は『見た目の良い高級食材を使った簡単な調理でできるもの』になるわけだな。

……なんだか条件絞られた割に、絞られてないような気もする条件だな。

まあ、良い。見た目の良い食材でそれなりに高いものとなると……うーん。俺がヒロ達と冒険者やってた時に金稼ぎした中でいい感じのものはあったたか？

「ちなみに、文化祭っていつだ？」

「えっと……」

「六月の第二土曜と日曜」

宮野がスマホを取り出して予定を確認しようとしたが、その前に安倍がさらりと答えた。何も見てない感じだけど、よく覚えてるな。

「六月か……。なら、薄刃華(はくじんか)、ランダムシロップ、温チョコレート、雨飴、あとは……あー、いや、そんなところか」

この辺りが高い食材か？　他にもいくつかあったが、そんなに多くしても手が足りなくなるし、こんなもんでいいだろう。今挙げたやつなら保存も利くし、賞味期限の問題もない。

「……どれも聞いた事ない名前ね？」

「そうだろうな。どれもダンジョン産の素材の中でも高級だったり希少だったりするやつで、そこそこの難度のダンジョンの奥(おく)の方にしかないやつだからな」

俺の提案した素材の名前を聞いて、宮野達は首を傾げた。あまりそういう方面の勉強をしてこなかったのだろう。

まあ、今俺が出した名前の場合は仕方ないだろう。基本的に一般には出回らない類いだし、そもそもが料理に使ったとしても、素材の名前が単体で出てくる事なんてないから聞かないはずだ。

とはいえ、一つくらいは知っていてもおかしくないんだがな……。

「でも、温チョコくらいは聞いた事あんじゃねえか？　冷えると溶けて、暖かいと固まるって普通と逆のチョコなんだが」

「あー、なんだっけそれ。どっかで聞いた事ある……あっ！　チョコマロでしょ」

「あっ、それなら知ってるよ。前に特集で見た」

「そんな名前だったか？　まあ多分それだ」

俺の挙げた名前の中でチョコだけは割と有名だ。北原が言ったように特集を組まれるくらいにはな。

まあ有名だからといって実際に食べた事があるのかは別だが。

俺は名前を忘れていたが、浅田達も料理名くらいは知っていたみたいだ。料理ってか菓子だけど。

冷やして溶かしたチョコにマシュマロをくぐらせて、焼いて固める。そんな菓子だ。ぶっちゃけ冷たいチョコフォンデュ。

温チョコレートは普通のチョコと違い、四十度以下だと溶けるという性質がある。そのため、なんの道具もない一般客は持ち運びができず、店でないと食べられない。

だが、だからこそ自分達で素材を集めて売れば売れるだろう、と思う。この辺には店がないし。

俺としてはそこまでの価値があるようには思えないが、それなりに人気がある。

まあ面白い食感ではあったけどな？　熱い固形チョコってのは初めての感覚だったし、冷たいチョコレートを飲むってのも初めてだった。

ちなみに、浅田は『チョコマロ』と言ったが、中に入っているのはマシュマロだけではない。なんか派生品は色々出てるが、とりあえず全部『チョコマロ』で統一されてる。『チョコマロクッキー』みたいな感じだな。

「あれ結構高いんだよねー」

「んっと、確か、一個千円とか、だったっけ？」

「たっか！　でも作れんの？」

「素材さえあればな。今言った素材が出るゲートは、一番遠くてもこっから電車で四時間くらいの範囲内にある」

高いと言ったが、それには当然ながら理由がある。

採取が、ものすごくめんどくさいのだ。普通にやってたらとてもではないが学生が売り物にするほど量が集まらない。

まあ俺達の場合は裏技というか、簡単な方法を見つけたから荒稼ぎしたけど。

「素材ねー。……そういやさ、他のはなんだって言ったたっけ？」

「薄刃華、ランダムシロップ、雨飴」

首を傾げながらの浅田の疑問に、安倍が言葉少なに答える。

「薄刃華はこれね」

俺の言った直後からスマホを弄ってた宮野が、四人の囲んでいるテーブルの上にスマホを載せてその画像を見せた。

「わっ、きれぇ……」

「花じゃん。食べられるの？」

「特殊な採取方法が必要だけどな」

薄刃華は、簡単に言えばすっごく薄い半透明の花びらを持った牡丹だ。

ただし、花びらの全てが刃になっているので、不用意に触ると切れる。

だから採取するには普通にちぎっておしまいじゃなくて専用の採り方ってのがあるんだが、それについては俺が知ってる。実際に食べた事あるし。

「まあ特殊な、って言っても分かってるから、その辺は採る時になったら教える」

その後は俺の言った他の食材をスマホで調べてワイワイとはしゃいでいる宮野達。

「──じゃあ、それでいいな？」

どうやら受け入れられた感じだったので、俺はもう話し合いが終わった感じで雑誌へと視線を戻した。

「だめ」

だが、浅田からそんな言葉が飛んできた。

「なにがダメなんだよ」

「まだなにやるか教えてもらってないでしょ」

「……ああ、素材の説明だけだったか」

そういや素材の説明だけでなにをどうやって調理すんのか言ってなかったな。

「そうそう。大事なところを忘れるなんてボケてんじゃないの？　もう歳？　だいじょーぶおじいちゃん？」

浅田は俺を馬鹿にするように楽しげに笑っているが、そこに悪意はないってのは分かってる。こんなのは冗談みたいなもんだ。ムカつくけどな。

「そうだよボケたんだよ。だから歳だって分かってんなら辞めさせてくれよ」

「それとこれとは別。言ったでしょ？　まだまだ離さないって」

言われたけどさぁ……そろそろ体の節々の問題が顕著になってきてるんだ。

知ってるか？　人間の最盛期って二十歳なんだぜ？　俺もう三十後半だぞ？　辞めさせ

てもいいんじゃないかって思うんだ。

一応、そんな事はもう何度も言ったんだけどな。

「歳が気になるんでしたら、若返りの薬を用意すればいいんじゃないですか？　あれ、確か予約が数年単位でかかった気がしますけど、伊上さんなら多分すぐにでも調達できますよね？」

「できるかできないかで言ったら、まあできるだろうな」

宮野の言ったように、若返りの薬は存在しているし、佐伯さんあたりにでも頼めばすぐに用意してくれるだろう。何せ『上』は俺に死んでほしくないんだ。若返らせる事で死にづらくなるんだったら、多少の無茶は通すだろう。

「でも、いらん」

俺は永遠の命やずっと若いままでいる事を望んじゃいないんだ。普通に歳をとって普通に死にたい。それに、若返りなんてしたら歳を言い訳に使えなくなって余計に冒険者を辞めづらくなる。

「……そんな事よりも、とりあえずさっきの素材で何をやるのかの説明をするぞ。と言っても、まあ簡単に説明すれば、チョコフォンデュみたいなもんだ。と言うか、まんまそれだ。もしくはりんご飴か？　薄刃華にチョコや蜂蜜をかけて食べる感じだな。あとはさっきお前が言ったみたいなマシュマロとか市販の材料を使ってもいいが、そんな感じだ。雨飴は普通にそのまま売っとけ」

「なんか最後だけ適当じゃない？」

「いいんだよ、それで。雨飴はまんま飴だからな。何もする必要はねえ」

飴が雨みたいに降ってくるだけだ。その味はその時の状況によって変わるが、まあ不味くはない。

ただ、雨飴には多量の魔力が含まれている。

食べれば多少なりとも魔力を回復できるのだが、加工しない状態ではそれほど回復しないので、もっぱら魔力の補充薬の素材とされる。

売れば金になるそれだが、あまり採取に行くやつはいない。

なんでか？　採取作業がくっそめんどくせえからに決まってる。

一度地面に落ちたものはすぐに溶けるように地面に吸収されるから使えないし……ああ、降ってくる雹を回収すると思えば良い。

あれ、結構痛いんだぞ。飴玉サイズになると最悪死ぬし。

しかもダンジョンの手前の方はほとんどただの飴で、奥に行くほど魔力の含有量が増えるため、奥に行かないと大した価値にならない。

そして奥に行くにはそれなりの苦労と手間と危険がある。具体的には雹の降る中を何時間も移動しなくちゃならん。

そんなわけで、専門でやってるやつ以外はあまり行かない場所だ。薬に使える魔力を含んだ素材なんて、他にもあるしな。

ただ、今回は都合がいいから回収するものとして名前を挙げた。

「でもなんで今言った素材なの？」

「あ？　そりゃあ素人でも調理が簡単だってのもあるが、期限を気にしなくていいからな」

素材って言ってるから気付きづらいかもしれないけど、食材には賞味期限だとか消費期限ってもんがある。それはダンジョンのものでも同じだ。

鮮度を保てるのが三日だとして、こいつらだけで揃えられると思うか？　まず無理だ。

「お前らは四……あーいや、一応五人しかいないんだから、文化祭の数日前にいろんな素材を集めるなんて無理だろ？」

「あ……確かに、それもそうですね。でも、〝一応〟じゃなくてちゃんと五人ですよ。伊上さんもチームの一員なんですから」

そんな宮野の言葉に俺は肩を竦めるだけで、それ以上は何も言わない。

「コスプレの衣装に関しては……そっちで決めとけ。と言うか、女子が着る服を俺に選ばせようとすんなよ」

女子高生の着るコスプレ衣装を俺が選ぶと、俺がその衣装をこいつらに着て欲しいって思ってるようで嫌だ。

「いや、でもほら、あんたも参加する訳だしさ」

「みんなの意見は聞かないとよね？」

「そうそう！」

「い、伊上さんも、何か着ますか？」

だが、そんな俺の思いに反して宮野や北原達までもが衣装について尋ねてきた。

「あー？　俺はいいよ。めんどくせえし。お前らが着るんだったら、メイド服とかバニーでいいんじゃねえのか？　その辺が無難だろ」

メイド服もバニーも普段着ないし、分かりやすい『コスプレ』だろう。学園祭で着ていれば、誰がどう見たってコスプレだって分かると思う。

「メイド服はいいですけど、バニーってあの、結構露出が多いあれですよね？」

「まあ、そうだな」

「バ、バニーは、その……ちょっと恥ずかしいかも……」

宮野の問いかけに頷くが、宮野は問いかけながら少し恥ずかしそうにしているし、北原なんてもっと恥ずかしそうにしている。確かに、露出の度合いで言ったら、バニーなんて人前で着るのは恥ずかしいかもな。

「バニー姿、見たい？」

おい安倍。俺は別に見たいだなんて言ってねえんだから、そうやって脚（あし）を見せようとするのやめろ。

確かにあの格好はかなり脚が出てるけども、だからって俺が見たいから提案したわけじゃねえよ。

「でもそれ、ありきたりじゃない？　せっかくだし、もうちょっと違う感じのないわけ？」

まあ、恥ずかしいかどうかはともかくとして、ありきたりと言われればその通りだ。だからこそ俺も提案したわけだし。

「……じゃあ勇者一行のコスプレでもやっとけよ」

それならこいつらに合ったテーマだし、ありきたりってわけでもないだろ。

「勇者一行、ですか？」

「そうだ。ほれ、ゲームみたいなキラキラした鎧（よろい）に剣（けん）と盾（たて）を持ってれば人目は引くだろ。何せ本物の勇者だし」

まあ、些（いささ）か面白みにかける気もするけどな。

なんたってこいつらは冒険者だ。普段からそれっぽい格好してるし、こいつらが思ってたコスプレ衣装とは違うだろう。

「安倍は魔女っ子装備でいいだろ。三角帽かぶってローブ着て。北原は……なんか白っぽい修道士系の服着とけばいいんじゃねえの？」

それぞれ魔法使いと回復役としてはイメージ通りって感じだと思う。

「あたしは？」

浅田が問いかけてきたが……こいつはなぁ。どうすっか……。

「あー、お前なぁ……戦士系って、ぶっちゃけ普段の装備と変わんねえんだよな——あ」

女向けの戦士らしい装備を一つ思いついたんだが……言えない。言いたくない。

だって……なあ？　誤解されたくないからコスプレ衣装のテーマの提案を『勇者一行』なんてもんにしたのに、今思いついたのを言ったら意味がなくなる。

「なに？　なんかあんの？」

「いやまあ、あるっちゃあるが……」

が、俺の反応を見ていた浅田は俺が何かを思いついたのを察したのだろう。少し身を乗り出して問いかけてきた。

「なら言いなさいよ。ほら早く」

「えー……」

俺としては絶対に、と言っていいほど言いたくないのだが、浅田以外のメンバーも俺が何を思いついたのか気になるようでこっちを見ている。

おい、そんな期待するような目で見るなよ。お前らの俺に対する期待値が高すぎやしないか？　俺だって、そんなまともな事ばっかり考えてるわけじゃないんだぞ？

いやまあ、いつも変な事を考えてるってわけでもないんだけど、今回に限ってはまともではないというかなんというか……。

……言うのか？　本当に言うのか？　言わないとダメなのか？　えー？

仕方ない。言いたくない。……言いたくないんだが、このままだと話が進まなそうだし、漫画(まんが)やアニメを見るような浅田や安倍なら、俺の思いついた衣装についても理解を得られるだろう。……多分。

というか、理解してもらえないと俺の評価が下がる。

もし俺の考えを話して評価が下がった場合、女子高生に汚物(おぶつ)を見るような目で見られる事になるかもしれないわけだが、その状態で一緒(いっしょ)に行動するのはなかなかにきつい。

でもこいつらの様子からして話さないわけにはいかず……。

……仕方ない。言おう。言って評価が下がらない事を祈(いの)る。それしかない！

「…………………ビキニアーマー」

俺が覚悟を決めてそう口にしたその瞬間、場が静まり返った。

……おいやめろ。なんでこんな急に静かになるんだよ。もっとワイワイしてていいよ。さっきまでそんな雰囲気だったじゃんか！

っていうかなんか言ってくれ頼むから！

「……。……っ！　はあ⁉」

最初に声を出してその場の静寂をぶっ壊したのは浅田だった。

「あ、あああああんたあたしにそれ着ろって言うの⁉」

浅田は素っ頓狂な声をあげて立ち上がると、座っている俺を見下ろすようにしながら慌てたように叫び、近くにあったそれまで抱いていたクッションを投げつけてきた。

そのクッションからガードするために手を上げて顔を庇ったのだが、その時に読んでいた雑誌を持ったままガードしてしまい、雑誌はクッションに弾かれてバサリと音を立てて床に落ちた。

多分浅田はビキニアーマーを自分が着ている姿を想像したんだろう。

ならそうなるのも致し方なし、と言いたいところだが、俺にも反論はある。

「だから言い渋ったじゃねえか！　言う気がなかったのにおめえが言わせたんだろ！」

そう。俺としては言いたくなかったのだ。だからこそ言い渋ってたのに、こいつらの期待の目が俺に言わせた。

「……ねえ、ビキニアーマーってどんなものなの？　なんだかあの反応と名前の響きからしてまともな感じはしないけど……」

ビキニアーマーがどういうものか分かっていなかった二次元文化初心者の宮野と北原は、語感からしておかしさを感じ取ってたみたいだが、実際にどういうものなのか、なんで浅田がこれほどまでに反応しているのか分かっていないようだった。

「ん、これ」

おいやめろ安倍！　そんなわざわざ調べて見せなくていいから！　知らないなら知らないままでいていいから！

「これ……っ!?」

安倍が見せた画像でビキニアーマーがどういうものか分かったのだろう。

宮野も北原も驚いて、画像、浅田、俺へと順番に視線を移している。

まあそういう反応をするだろうよ！　クソッたれ！

「で、でも、これを案に出したって事は……伊上さん、佳奈ちゃんに着て欲しいのかな？」

どう弁明するか、なんて思っていると、突然北原がそんな事を言った。

おいやめろ！　そんな事冗談でも言うなバカ！

「えっ!?」

「おい北原、馬鹿な事言うな。単に女戦士の衣装っていったらそれが出てきただけだ。これは俺がそういう趣味なんじゃなくて、その衣装がゲーム好きには有名ってだけで他意はない」

そうだ。俺は悪くない。ビキニアーマーなんて、ゲームやそれ関連のネットをやってりゃあそれなりに知られてる言葉だ。もはや常識と言ってもいい。

「でも、だからってあんた……っ！　〜〜〜〜！」

そこで言葉に詰まったのか、浅田はボスンとしゃがんで先ほどまでと同じように座りなおした。

のだが、その際に勢いよく座ったせいでスカートが——いや、この先を考えるのはやめておこう。

見るつもりなんてなく、たまたま視界に入っていたから自然と目が追ってしまっただけなんだが、それでもまずいって事くらいは分かる。

だからこの事は考えず、言わず、闇に葬ろう。安倍がこっちを見ているが、きっと気のせいだろう。

「伊上さん、これをどうぞ」

「ああ、ありがとな」

そうしてなんとか場が落ち着くと、宮野が先ほど弾かれて床に落ちた雑誌を拾って俺に渡してくれた。

「さっきからなに読んでたんですか？」

「あ？　ああ、ファッション誌だ」

「読むの？」

安倍がだいぶ失敬な事を言っている気もするが、まあ俺も普段はそんなもん読まないからな。この雑誌だけ特別だ。

「まあ、ファッションって言っても、普段着るようなもんじゃなくて冒険者用の装備やら正装やらだがな」

「装備は分かりますけど、正装ってスーツとかドレスとかですか？」

「まあそういうのだ。宮野っていう『勇者』がいるし、お前らなんかはそのうち出る事になると思うが、そこそこ以上の実力があってなんらかの功績を残したやつはよくお偉方のパーティーに呼ばれんだよ。まあ、俺が見てたのは普通の装備の方だけどな」

パーティーでは基本的に武装を解除するんだが、その際に襲撃がないとは言い切れない。

なので、ダンジョン産の素材を使って防御力の高い服を作ったりする。

あとは防御力だけじゃなくて、魔法を使う時の杖の代わりになりそうな装飾もな。

その辺の小細工はグレーだが、明確に『武器』らしい形をしてなきゃオッケーってのが暗黙の了解だ。

かく言う俺も、一応一着だけ正装を持っている。

俺の場合は功績があるから、じゃなくてヤスのチームメンバーだったから、だけどな。

あいつ、いいとこの坊ちゃんだから、誕生日のパーティーに参加した事がある。俺がパーティーに参加し慣れていないからだと思うが、参加してもあんまり楽しいもんでもなかったけどな。

「パーティーねぇ……」

「ああ……っと、ああそうだな。お前ら、ドレスは持ってないだろ？」

今の話をしていて、そういえば、と思いついた。

持ってるならそれでいいんだが、多分持ってないだろうし、今のうちに備えておいた方がいいだろう。

「え？　えっと、はい」

「一着くらい持っとけ。さっきも言ったが、『勇者』は呼ばれる事がある。その時になにも着るものがないと、危ないぞ。風評的な意味でも、物理的な意味でもな」

宮野の功績が『勇者』と称されるに相応しいものになったとしても、ドレスの一着も持っていないような小娘――なんて言われるかもしれない。

だからどうしたって言ってしまえばそれまでなんだが、世の中にはたったそれだけで相手を侮ってちょっかいをかけてくるやつだっている。

警戒されるのと侮られるのなら、侮られた方がマシ、なんて言うが、それも時と場合によってだ。

時には侮られる方がまずく、警戒された方がマシって時だってある。

だから馬鹿にされないためにも、ドレスはあつらえておいた方がいい。

学生のうちは式典なんかでも制服で参加できるが、それだってあと二年もすれば着られなくなるんだ。

それにパーティーには制服で参加なんてできないから、どのみち用意しておくべきだろう。

そんな、馬鹿にされるかもしれないという『風評』の部分は分かったのだろうが、『物理的』の意味が分からないようで宮野達は首を傾げている。

「物理的？」

「暗殺の危険があるって事だよ」

「「「っ!!」」」

だからこそ防御力の高いものが必要になってくる。

すれ違いざまにグサッ、なんて事がないわけじゃないんだから。

「……で、でも、そういうドレスって、どこで頼むものなんですか?」

「あー、そうだなぁ。普通は専門店に行ったり専属に頼んだりすんだが……欲しいか? なら紹介くらいするぞ?」

まあ宮野達は一般の学生だし、普通はドレスを頼む店なんて知らないか。

まあ、俺だって知ってるって言えるほど知ってるわけじゃないし……ってか、ぶっちゃけ一つも知らない。だって俺はヤスに頼んで用意してもらったから。

だからまあ、今回もあいつに頼めば伝手を用意してくれるだろう。

「ああそうだ。せっかくだし、もういっその事ドレスを着てパーティー風な内装の喫茶店でもやればいいんじゃないか? それならコスプレ内容も決まっていいだろ」

「えー? うーん。ドレスかあ……」

「確かに、普段とは違う装いって事でコスプレと言えなくもない、かしら?」

意外と乗り気じゃない感じか? 女の子っていったらドレスとか好きだと思ったんだけ

どな。

「ドレスは、コスプレ感が薄い」

俺が宮野達の反応に首を傾げていると、安倍がそんな事を言ってきた。

まあ、確かに普段から着る奴らもいるし、コスプレって感じはしないか。言葉の響きだけで言ったら、『ドレス』なんて十分にコスプレ枠だと思うんだけどな。

「で、でも、必要だって言うんだから、一着くらいは用意しておいた方がいいんじゃないかな？　文化祭で着るかどうかは、分かんないけど」

「……そうね。伊上さんが用意しておけって言うくらいだから、必要になるんでしょうし」

そこまで信頼されても困るんだけどな。

「それじゃあ伊上さん。ドレスの仕立ての件、お願いしてもいいですか？」

「ああ。まあ、発注じゃなくて相談だけする感じだけどな。詳しくは後でお前達が話す事になるはずだ」

そう軽く説明してから俺はヤスに電話をかける。

「ああヤスか？　久しぶりだな。……あ？　うっせえよ。んな事より相談があんだけど、いいか？　ん、実は、宮野達がドレスが欲しいって言ってな。……は？　バカ言え。ウェディングドレスなんていらねえよ」

何言ってんだこいつは。ウェディングドレスなんて誰が欲しいっつったよ馬鹿野郎。俺が電話をしたのは結婚報告じゃねえ！

「つか、そもそも俺が贈る訳じゃねえ。あいつら自身のパーティー用だ。どうせそのうち必要になんだろ。だからお前んところで作ってもらえねえかなって。それから、文化祭でのコスプレ用に使おうと思ってな」

そう伝えれば、ヤスは少し考えたようだが、すぐに承諾してくれた。

「で、支払いだが……ん、そうか？　分かった、ありがとう。じゃあ頼むわな。ああじゃあな」

そう言って俺は電話を切ると宮野達へと視線を向けた。

「ヤスに連絡しておいた。お前らの写真をもとに向こうでデザインの初期案を決めてくれるらしいから、決まったら後で教えてやる。後は色やなんかを実際に相談して決める感じになるな」

あいつの親の会社は、冒険者用の装備やら道具を扱ってるだけあって、ちゃんとデザイナーとかも雇ってる。

宮野達の基礎情報は分かってるだろうし、写真は前にチームの集合写真を送った事があるのでそれを参考にすればデザインくらいは決まるだろう。

詳しい事なんて下地ができてから話し合えばいい。どうせ何をどうすればいいかなんてこいつらは分からないだろうからな。

「ありがとうございます」

「でも、こんなに早く手配できるもんなのね～」

「まあ、俺の場合はコネがあるからな。お前らも、これで一度繋がりができれば後は簡単に連絡がつくようになると思うぞ」

「ほえ～……」

浅田が感心したように間抜けな声を漏らしているが、そんなもんだ。

「じゃあ、服装の話はおしまい？」

「あ、そうだよね。ドレスで決まったんだったら、後は商品と、内装を決めるのかな？」

安倍は話が一段落したのを見て首を傾げ、北原はそれに乗るように次の話題へと移ろうとした。

「あー、こっちで勧めておいてなんだが、一つだけ問題もある」

「問題、ですか？」

「ドレスは高えって事だ。自前で材料を集めればある程度は抑えられるけどな」

宮野の言葉に頷いて答えるが、一応今はデザインだけ頼んだけど、実際に作るとなったら金がかかる。

デザイン料もだがそれはいいとして、大半は作るための材料と加工費だな。そこが一番大きい。

だから、必要な材料を自分で集める事ができるんだったら、割と安く済む。

「どれくらいすんの？」

「今の相場は知らねえが、俺ん時は大体一千万くらいしたな」

「いっせ——⁉」

「そんなにするものなんですか⁉」

宮野達は目を見開いて驚き、北原にしては珍しく声を荒らげて叫んでいる。

が、残念ながらそんなにするんだよ。

「いや、普通のドレスだったらそこまではしないはずだ。安物なら数万程度で買えるし、高いのだって数百万程度もあれば十分なはずだ。だいぶ昔になるが、俺の母親に聞いた時はウェディングドレスが百万ちょっとくらいだって言ってたしな」

ウェディングドレスが百万なら、普通のドレスは数十万もあれば大抵の品は買えるだろうし、こいつらには払う事のできる額だ。

「だが、お前らのはいざって時の防御を兼ねた魔法具としての役割もある特殊なやつだからな。これくらいはしてもおかしくない。むしろ、安い方だぞ？」

本当にガッチガチの装備だと、上限なんてないからな。

こいつらは覚醒者だし、そこまで強力な装備は必要ないだろうけど。

「というか、お前らだって結構金を持ってるだろ？　今までの冒険の報酬もだが、前の特級を倒した時の報酬。あれも合わせると五、六百万くらいあるんじゃねえのか？」

「そうですね。お正月に着物のレンタルで使っちゃいましたけど、それ以外はそんなに使ってないですし、まだ結構残っているはずです」

「あたし達学生なのに、こんなに持っててていいのかー、って感じはするけどねー」

学生だから毎日ダンジョンに潜るってわけにはいかないけど、こいつらなら卒業すれば一年と経たずに返済できる程度の額だ。

俺がヒロ達とチーム組んでた時はもっと低い……精々月百万程度だ。それだって装備を整えたりなんだりで、最終的には五十万くらいまで減る。

それに対して宮野達は一級と特級だからな。月一千万も頑張れば可能だろう。

まあ、命の対価がそれって考えると高いのか安いのか分かんねえけどな。

「最悪、足りなくても支払いは出世払いで大丈夫だろ。ヤスが相手ならそれくらいの融通は利くはずだ」

「でも、そんなご迷惑をかけてしまっていいんでしょうか?」

「あれでもあいつは金には困ってないからな。それに、勇者との繋がりは作れたんだから、あいつとしても悪い事って訳じゃねえだろ。お前は恩を感じてるし、借りた分を払い終えるまでは、あいつの会社から離れないだろ?」

俺はこいつらとヤスの会社に繋がりを作ろうとしたが、それは向こうにとってもいい事のはずだ。

日本に十人、世界にはたった百人もいない『勇者』。そのうちの一人と繋がりが持てるんだ。金銭面で多少の損害が出たとしても、その繋がりを手放す事はしないだろう。

「仮にお前達が支払いをしなかったとしても、勇者一行が使ったドレスや、装備を一身に請け負ってる会社ってなれば、それだけで元は取れる。宣伝費だと思えばむしろプラスだろ」

今回の件で『勇者』とその一行が使ってる装備を扱う会社となれば、それは結構な宣伝になる。

ヤスの口調からしてそれを織り込み済みな感じだから、そんなに気にする事でもないと思う。

……ああいや。こいつらに名前を使って良いかを聞いてなかったな。

勝手に使うのもまずいし許可を取った方がいいんだが……その辺はヤスも考えてるだろうし、また後で話しておけばいいか。

「服装の話は終わりでいいだろ。他に着たいものが出てきたら、それはお前達で決めろ。──で、後は肝心の文化祭の出し物の方だが、さっき俺の言った内容でいいのか？」

宮野達に問いかけると、四人全員がはっきりと頷いた。

「じゃあできるだけ量を揃えた方がいいし、早めに回収に行くぞ」

文化祭は六月らしいからまだまだ時間はあるんだが、人数が少ないんだから、直前になってやばいと思うより、少し早めでも準備を始めたほうがいいだろう。

そのために保存の利く素材を選んだんだからな。

「早めにって事は、明日からでいいの？」

「そうだな……いや、次の休みからでいいか？　保存容器とか用意しなくちゃならん」

ただの探索なら適当に準備して戦って、回収できるものがあるなら回収して終わり、でもいいが、最初から素材の回収が目的となると必要な道具は増える。

組合やゲートの管理所でも貸してくれるだろうが、自前のものがあるならそれに越した事はない。

「保存容器ですか？　……確かに、今から文化祭用のものを集めるとなると、普通の道具じゃダメですよね」

「あ、あのー……でも、そういうのって、組合で貸してくれるんじゃないんでしょうか？」

北原が小さく手を挙げながら問うてきたが、普通ならそうだな。

「貸してくれるが、サイズがそんなに大きくない上、貸し出し期間が限られてる。まあ、向こうとしてはゲートから持って帰ってきて、どこかの店に卸したり売ったりするまでを想定してるからな。二ヶ月も借りる事は考えてないだろ」

「あ。言われてみれば、そうですね。確かに、二ヶ月も使うのであれば、自分達で用意したものが必要になりますか」

俺の答えを聞いて、宮野は口元に手を当てながら少し考え込んだ様子を見せた。

「まあ、今回は俺が用意するから任せとけ」

と言っても、ヤスに連絡して用意させるだけだが。

「行くダンジョンの順番は後で連絡するが、いつどのダンジョンに行っても対応できるように、どこにどの素材があってそこはどんなダンジョンなのか、お前らしっかり調べておけよ」

そういうわけで、俺達は今週の休みに文化祭に使うための食材を回収をしにダンジョンに潜る事になった。

「ん――……よしっ！　文化祭の出し物も決まったし、もう今日のところは終わりでいいでしょ？」

話し合いが終わった事で、浅田は体をほぐすように腕を上に伸ばしてからそう言った。

「そうね。これからダンジョンに行くには時間が足りないし、訓練にしても半端な時間だものね」

「じゃあさ、チームの結成を祝って、どっかになんか食べに行かない？　浩介も戻ってきたわけだしさ」

「結成って言っても、今更だろ」

もう俺が教導官になってから一週間は経ってるし、そもそも初めて組んだわけじゃないんだから結成祝いとかいらねえと思うんだが？

「でもほら、心機一転的な？　あたし達も学年上がったんだしさ。いいじゃんそのお祝いも兼ねてって事で」

「……ああ。そういえばそうか。学年が上がったんだったな。おめでとう」

これでこいつらも二年になったわけだな。あんまし実感ねえけど、俺自身の事じゃないし、そんなもんだろう。

「だが、悪いな。今日は無理だ。前もって連絡してくれれば、まあ行かなくもないから、次はそうしてくれ。悪いが、俺は今日はここで帰らせてもらうな」

「何？　あんたこの後用事でもあんの？」

浅田は俺が誘いを蹴ったのが不満なのだろう。唇を尖らせながら尋ねてきた。

「ああ、ちょっとな」

「デート？」

「違う。何バカな事言ってんだ」

どうしてそんな発想が出てきたのか分からない安倍の言葉に、俺は眉を顰めながら否定する。

「じゃ、じゃあ、ニーナさんのところですか？」

安倍に続いて北原が問いかけてきたが、それも違う。

「いや、それとも違う。……まあちょっとした用だ。ああそれと、これからは同じような事があると思うが、許せ」

嫌々ではあるが、雇われた以上はまともに仕事をするつもりだ。

だが、今の俺は咲月が生き残れるように鍛える必要がある。そのため、状況次第ではこいつらの事を後回しにする事もあるだろう。

「同じようなって、早上がりですか？」

「ああ」

「なーに？　新学期早々職務放棄するわけ？」

浅田は不満を隠す事なく、こっちにぬいぐるみや毛糸玉を投げてくる。……おい、ペンは危ないからやめろ。

「訓練の確認と指示くらいはしてやるよ。多分一ヶ月……まあ長くても二ヶ月くらいなもんだ」

浅田の言葉に答えつつ、攻撃を受け止めてそれを投げ返してやるが、なんか二人でお手玉してるみたいになってんな、これ。

「デート？」

と、また安倍がおかしな事を聞いてきやがった。お前はそんなに俺にデートをさせたいのかよ。

「それはさっきも聞いたが、違う。っつーかなんで二ヶ月もデートで時間取るんだよ」

「ラブラブだったら、二ヶ月毎日デートしてもおかしくない」

「いやおかしいだろ」

流石に二ヶ月間毎日、わざわざ仕事をおざなりにして時間をとってのデートってのはおかしいに決まってる。

「あの、ダンジョンに潜るのはどうなるんでしょうか?」

「そっちはちゃんとやるさ。それも仕事だからな。ただ、いつもより早めに終わらせてもらうか、途中で俺が抜けるかになる。まあお前らとしても、俺がいない状況でのダンジョン攻略ってのもいい経験になるだろ」

俺がそう言うと宮野は少し不安そうな様子を見せたが、どうせこいつらはそのうち俺がいない状態でダンジョンに潜るようになるんだし、いい経験になるってのは本当だ。

今だってそれなりに力はあるんだから、油断したり調子に乗ったりしなければ十分にやっていけるはずだ。

「で? 結局なんでなわけ?」

「俺には姉がいるんだが、その娘——俺の姪がこっちに来てんだよ。その世話だ」

「姪、ですか?」

「ああ。去年覚醒してな。姉から冒険者の心得的なものを教えてやってくれって頼まれたんだ。面倒だが、反故にするわけにもいかねえしな。だからまあ、そんなわけで最低限を教えるまでひと月かふた月くらい、ちょっとそっちに時間を割かせてもらう」

「それが終わったら、私達のところに戻って来ていただけるんですよね?」

俺が事情を説明してやると、宮野は納得したように頷いてから、真剣な様子で問いかけてきた。

「あ？　ああそりゃあまあ、お前達の教導官だしな。……っつーか、なんか言い方おかしくなかったか？」

「でしたら問題ありません。伊上さんが最高の指導者だというのは理解していますし、存分に姪御さんに教えてあげてください」

無視かよ。

宮野は俺の問いかけを無視して、満足そうに口元を緩めて頷き、そう口にした。

「つっても、参加自体はするから顔を合わせる頻度は変わらねえだろうけどな」

それにしても、俺が最高の指導者、ね……。やっぱり、こいつらの評価は高すぎるだろ。

「今日行くのはランダムシロップの採取だ。予習はしてきたか？」
「はい」
目的のゲートは宮野達の通う冒険者学校から電車で四時間弱の距離にある。

　そのゲートの管理所の一画に集まり、俺達は打ち合わせをしていた。

「なら安倍。今日行くダンジョンの名前とメインの敵について分かってる事は？」

「ダンジョンの名前は『蜜の庭園』。モンスターは植物系の『ハニーガードナー』。蔦での攻撃が基本。たまに魔法を使う個体がいるけど、どの属性かは実際に使われるまでは分からない」

　いつも通り抑揚のない声で俺の問いに答えてダンジョンの説明をした。

　その説明は間違っておらず、まさに教科書通りと言えた。

「じゃあ……北原。ランダムシロップの由来はなんだ？」

「うっ。は、はい。えっと、味も香りも、ものによって全く別物だから、ですか？」

「ああ。合ってるから自信を持て」

　そしてこちらもいつも通りあまり自信なさげな声で答えた。

　その事に言いたい事がないでもないが、まあ今は良い。本人の意思に反して言わせる必要もないからな。

「このダンジョンの蜂蜜は池のように点在してるが、それは中央のハニーガードナーの樹液だ。だから樹液を出してるモンスターが倒されてしばらくすると蜜の池は涸れるし、モンスターを倒した後に蜜を採取しようとすると死んだ後の毒素が混ざって味が変わる」

俺が話す事なんてこいつらは調べてるだろうけど、情報の共有ってやつだ。

宮野達もそれを分かっているのだろう、声には出さないが頷いている。

「だからここで気をつける事は、モンスターを殺さない事だな。モンスターを殺さないように気を引きつつ、できるだけ多くの蜜を掬わないといけない」

このダンジョンの階級は二級だ。モンスターを倒すだけなら、やり方さえ知ってればそう難しいもんでもないからな。

だが、モンスターを倒さずに、となると危険度が格段に増すためその難度は一級相当になる。

まあ、それでもこいつらなら問題ない。だって全員一級以上だし、慢心はしてないだろうからな。

「ただまあ、大変なのはそっちじゃなくて、目的のものを探し当てるまでの方だと思うけどな」

さっき北原が言っていたが、ランダムシロップの味は、名前の通りランダムだ。

回収する蜜によって――正確には蜜を生み出している樹によって味も匂いも色も、何もかもがランダムに変わる。

赤い色でりんごの匂いをしてるのにみかんの味がする、なんて事も普通にある。

「最高品質を手に入れるには時間がかかる。金が欲しかったら妥協しないで探せよ」

だから使うものに適した蜜を探すのに時間がかかる。

三日で見つける事ができれば運がいい方だな。

「それから、浅田」

「なに？」

「今回お前は、これを背負ってけ」

それは壁際に寄せるように置かれていたでかい箱。

箱って言っても段ボール箱のようなものではなく、サイズや質感的に言うと冷蔵庫のような感じだ。

「……なにこれ？」

「保存容器だな」

これから俺達は蜜を回収するわけだが、そのためには専用の容器が必要になる。

専用というか、普通の瓶や入れ物でも回収はできるんだが、それだと万が一の場合に衝撃を受けると壊れたりする。

だから硬化の細工がかかっている魔法道具の容器を使うのが普通だ。

「ああ。そういえば伊上さんが用意するって言ってましたね」

「で、でも、こんな大きかったっけ？　学校で売ってるのはもっと小さかったけど……」

「これは業務用だ。普通はこんなでかいの持ってかないが、お前は力だけなら特級に迫(せま)るからな。持てるだろ？」

　保存容器を使うって言っても、普通はこんなに大きなものを使わない。だが浅田は筋力という一点においてのみ特級に迫る力の持ち主だ。たとえこれだけ大きなものを背負っていたとしても、逃(に)げたりするくらいなら問題なくできるだろう。

「まあ持てるけどさぁ……でも、流石におっきすぎじゃない？　これ背負ってくと、武器が持ち辛(づら)いんだけど？」

　それはそうだろう。だが、これも必要なのだから仕方がない。普通の容器はリュック程度の大きさだが、そんなものを使ってたら全員で背負うか、何往復もするかのどっちかをしなくちゃいけなくなる。

　だが、全員で背負えばその分動き辛くなるんだから咄嗟(とっさ)の状況で動けなくなる。それは避(さ)けたい。

　逆に何往復もしようとすれば、往復している間に発見できた池が涸れるかもしれないので、できる事ならば一気に回収してしまいたいのだ。

　なので、このサイズの保存容器を用意して、一気に回収する。というのが一番現実的だ。

もっとも、これを一人で持てる奴がいる事が前提の作戦だけど、浅田がいるしその点は問題ない。

「だろうな。だから、そのための助っ人を呼んだ」

「助っ人？」

「誰？　あたし達の知ってる人？」

「もしかしてニーナですか？」

俺の言葉に安倍、浅田と続いて疑問を口にし、宮野はニーナの名前を出したが、違う。

「あいつを呼べたら楽だったんだろうけどなぁ。残念ながら違う」

あいつの暴走は収まってきたが、だからといって『上』は安心しない。

今までは一度も外出しなかったのに、ちょっと前に短期間で二回外出したため、今回は認められなかった。

とはいえ、今回申請したところで学園祭に必要な材料を全部集めるまで参加させる事なんてできなかったし、断られるのは分かりきってたけどな。

……まあ、呼べたら良いなとは思っていたのも事実だけど。

「呼んだのはヒロ達だよ」

「ヒロさん？　引退したんじゃなかったんですか？」

「したよ。ただ、冒険者登録は消してなかったから、まあ言っちまえば『引退しました』って口で言ってただけだな」

チームを解消してその後どこにも属さなければ、組合の登録は冒険者活動停止として記録されるし、組合に申請をすれば何かあっても呼び出されないようにする事はできる。

だが、活動停止って言っても資格取り消しになったわけじゃないので、復帰しようと思えばいつでもできる。

だから今回みたいに協力してもらう事も不可能ではないのだ。

とはいえ、歳を理由に引退した者が再び戦いの場に戻るというのは稀だし、また活動停止状態に戻すには三ヶ月ほど時間をおかないといけないので、その間に何かあると呼び出しを食らうけど。

「へえ～。……で、それっていつ来んのよ」

「約束の時間はもう過ぎてるはずなんだけど……」

今日は朝の七時にこのゲートに集合だったはずだが、今は七時十分。もう約束の時間は過ぎてるってのに、管理所の中にはまだ姿が見えない。

「電話してみる――ああいや、あれか？」

スマホを片手に持ちながら窓の外を見ると、そこには駐車場の方から歩いてくる三人の男の姿があった。

向こうも俺が見ている事に気づいたのか、先頭を歩いていたヒロがこっちに向かって手を上げた。

その事を宮野達にも伝え、少し待っていると管理所の扉が開いてヒロ達が入ってきた。

「悪ぃ悪ぃ。久しぶりだから駄弁ってたら時間食ったわ」

まあ、久しぶりに集まるんだし、話が長くなるのも理解はできる。多少遅れはしたが、それでも許容範囲内と言うべきだろう。

「そんなに大遅刻したってわけでもないから平気だ。それより、今日はありがとな。面倒かけるが、頼むわ」

「おう。ま、ここは金稼ぎに何度も来てんだ。そこまで面倒ってほどでもねえし気にすんな」

俺達は軽口を叩きながらお互いの調子を確認していく。

「そうか。ならいいけど……ああ、保存容器サンキューな、ヤス。それとドレスの件も」

ヒロとの挨拶を終えると、今度はヤスへと視線を向ける。

「気にすんなや。こっちはこっちで今回の件を役に立ててるからよ」

「宣伝か？」

「おう。新しい『勇者』との取引だって言ったら、父上様と兄上様方が大変お騒ぎになってたぜ」

戯けた様子で父親と兄をバカにした発言をしているが、それはこいつがあまり家族と仲が良くないからだ。

こいつの兄達は二人とも一級の覚醒者で、弟のこいつは三級。

誰が会社を継ぐ継がないって騒ぎで、兄達からはいじめられたし、父親はそんな状況でも兄に劣っているとしてヤスを庇わなかった。

兄達と揉め事を起こしたとしてもその時の自分が満足するだけで、後々不利益になるから喧嘩はしない、なんて言ってたが、それでも仕返しはしたいと思っていたようだ。まああその気持ちは当然だと思うけど。

「ああでも一つ言っておく事あったわ」

「なんだ?」

「頼まれたドレスだが、二着作る事になるぞ、って話だ」

「二着？　なんでまた……いや、必要かもしれないけどさ」

宮野は『勇者』なんだし、呼び出されるのは一回二回じゃないだろう。その度に同じドレスってのもアレだし、他に持っている必要はあるかもしれない。

だがそんな俺の言葉に、ヤスはバカにしたようなため息を吐き出した。

「バッカ。お前が言ってた『ドレス』って、いわゆる物語のお姫様みたいなやつだろ？　それはそれで文化祭みたいな場で仮装として着るにはいいかもしれねえし、場合によってはパーティーでも着るけど、それは結構特殊な例だ。パーティーにも種類があるんだよ。普通の祝いの場ではあんなキラキラゴテゴテしたの着ねえって」

「そうなのか？」

「はあ～……これだから庶民は」

「うっせえよ、下っ端金持ち」

「下っ端でも上流なんでな。お前よりは『上』だ。……って、そんな事はどうでもいいんだよ。お前が言った条件に合うのは『普通のドレス』だろ。だが、文化祭用に着るんだったら『特別なドレス』を作る必要があんだよ。それこそ、主役張れるようなお姫様やお貴族様って感じの奴をな。そんなわけで二着だ」

　パーティーの種類とか知らないが、まあ規模や種類に応じてドレスコード的なものが違うってのは理解できる。こいつが必要だってんなら、言う通りにしておくのが無難だろう。

「まあその辺は勝手に調整してくれるんだったらありがたいな。けど問題は……」

「金だろ？　分かってる。そのために——宮野ちゃん達、ちょっといいかな？」

「あ、はい。なんでしょうか？」

と、俺と話をしたヤスは何かを思い出したように宮野へと話しかけた。

何か、って言ったが、多分前に話しておいた宣伝の件に関してだろうな。

そしてそんな俺の考えは合っていた。

「あー、俺は身内相手とはいえ、君達――『勇者』とその仲間と取引があるって事を利用した。その分そっちに還元するつもりだが、正式に契約も結んでないのに名前を使った事で不快にさせたなら申し訳ない。もし嫌なら今後は名前を出さないし、今回は賠償もしよう」

「そ、そんな！　こちらだって色々と便宜を図ってもらってるみたいですし、その、私はかまいません」

「あたしも大丈夫です。名前を使ったって言っても、原因はあいつが話を勝手に進めたせいですし」

歳下である自分達にも丁寧に頭を下げるヤスの言葉に、宮野達は恐縮して慌てたように返事をしており、他の三人も宮野の言葉に同意するように頷いている。

浅田に至っては俺を悪者にしている。いやまあ、その通りなんだけど。

「そうか、ありがとう。……ただ、できる事ならばこれからも広報に名前を使わせてほしい。もちろんその分の利益はそちらに渡す。それから、正式な契約は後になるけど、受けてくれるのならいくつか依頼したい事もあるんだ」

頭を上げたヤスは宮野達にそう話を持ちかけたが、個人的には悪いものではないと思っている。どのみち卒業後にはどっかしらから話を持ちかけられるだろうし。だが、その場合にはいろんな制約がつく。

スポンサーとして援助してもらって、何かあった時の後ろ盾になってくれるんだから当たり前だが、その分相手に還元しないといけない。

今のところ宮野達が契約していないのは、『学生だから』という理由で逃げておけ、と俺が言っておいたからだ。契約したら活動に制限がかかるからな。

将来的にどっかと契約するのはこいつらの勝手だが、今は訓練をおろそかにしてほしくない。

それなら最初からヤスと契約させておけば良かったんじゃ？　とも思ったが、一度ヤスに話を持ちかけたら、会社内での立場が確立できてないと断られた。

そんなわけでどこともスポンサー契約をさせなかったのだが、この間電話で話した時に向こうからこの件を持ちかけられたので、準備ができたんだろう。

ヤスのところなら無茶な『お願い』や、契約の隙をつくような『罠』なんてないだろうし、最大限の便宜を図って訓練の時間を削るような事もしないはずだと思ってるから安心できる。

「……どーする?」

「うーん。悪いようにはしないと思うけど……」

「え、えっと、いいんですか?」

だが、宮野達は今までは断ってきたものの、今までは断れと言っていた俺が紹介したからか、しっかりと悩んでいる。

北原の「いいんですか」ってのは、今まで断れって言ってたのに、って意味だろうな。

「ああ。こいつなら訓練や日常生活を邪魔するような無茶な依頼なんてしてこないだろうからな」

「もちろんだ。なんなら、いつ解約しても違約金なし、こっちの依頼を断っても罰則なしの契約でも構わないと思ってる。それなら嫌になったらいつでも辞められるし、嫌な要求だったら拒否できる。こっちが望むのは、ただ君達が使ってる装備はうちの会社のだって宣伝させてもらう事。それと、できればでいいんだが、素材をうちに卸したり、ちょっとした『依頼』をこなしてもらえればそれでいい。分け前についての詳しい事は後で話すけど、それだってそっちが嫌ならば話を聞いたあとで拒否してくれても構わない」

破格すぎるほどに破格な内容。

だが、それほどまでに『勇者』の称号には力がある。

実質なんの縛りもないような契約であっても、契約しているという事実だけで十分に報酬となるのだ。

「依頼ってなに？」

安倍はヤスの言った『依頼』がなんなのか気になったようで、小さく首を傾げながら問いかけた。

「具体的には、今回ドレスの注文を受けたが、それが完成したらそれを着て写真を撮らせてくれないか？　それをうちの商品のカタログに使いたい」

「そ、それってモデルみたいな？」

「まあ端的に言えばそうだね。――で、どうかな？」

ヤスの言葉に、宮野達は今までまともに契約関連の話を聞いてこなかったからか、どうしようかと悩んでいるようだ。

「突然モデルって言われても、ちょっと現実味がないわね」

「よね。……でもさ、モデルってほら、その、ちょっと憧れない？」

「は、恥ずかしく、ないかな？」

……違った。契約関連じゃなくてモデルって方に惹かれてるのが悩んでいるように見えただけらしい。

まあ、女の子はモデルってのに憧れるものかもしれないし、当然の反応か？

「安くなる？」

「もちろん。むしろドレスの代金は完全にこっち持ちで、報酬さえ払ってもいいと思ってる。というか、思ってるだけじゃなくて実際にそうするつもりでいるよ」

宮野、浅田、北原がモデル云々に反応したというのに、安倍だけはやたら現実的な事を言っている。

うん。お前はそういう感じだよな。

「えっと、その、決めるのはまた後でもいいですか？」

「ああ。今日は正式なやつじゃないからね。ただの提案だ」

宮野達は心惹かれたものの、今すぐに決めるつもりはないようで、ヤスもそれを承知しているのか、断られなかっただけでも上出来だと言わんばかりに笑顔で頷いている。

「それと、ドレスの件だけど、こっちでデザイナーは確保したから、デザインが決まったら後で資料を送りたいんだけど、連絡先を聞いてもいいかな？」

「あ、はい。どうぞ」

そうして宮野達は四人ともヤスと連絡先を交換し、そこで俺はふと思い出した事があったのでケイへと顔を向けた。

「……ああそうだ。こっちも話があるんだった。ケイ、文化祭の日は空けられそうか？」

宮野達は調理資格が必要ない品を扱う予定だが、万が一を考えて資格持ちがいた方がいいだろうって事で、ケイに文化祭の日に監督役で来られないかと打診していた。資格持ちだからってのもあるが、人手的な意味でもいてくれるとありがたいんだが、どうだろうか？

「ああ。別にどっかに勤めてるってわけじゃなくて、個人店だからな。やってるのは全員家族だし、数日空けるくらい簡単だ」

「個人店って言っても、お前んところはそれなりに有名だろうに」

「ま、こっちも宣伝になるからな。店の名前出していいんだろ？」

「ああ。それくらいはな。旨みがないと誰もやらんだろ」

こいつの家は個人店だがここらではそれなりに有名な、ダンジョン素材を使った料理店だ。

学生が全部やったってだけだと不安があって買ってもらえないかもしれないが、店の名前を出せば多少は利益に影響するだろうし、お互いにとって良い話だ。

「さて、交友を深めたところでそろそろ行かないか？」

そんな話をしていると、ヒロが声をかけてきた。

その言葉を受けて時計を見ると、もう出発予定時刻の七時半を過ぎている。

今回の探索は時間がかかるだろうし、話はまた後ですればいいか。

「じゃあ、ヒロ。開始の音頭を頼むわ」

「あ？　俺がやんのか？」

「他に誰がいるってんだよ」

こういうのは年長のチームのリーダーがやるべきだ。

宮野とヒロ、どっちが年上かって言ったら、考えるまでもなくヒロが上だ。

「それはほら、そこに勇者っていう冒険者代表が……」

「え？　わ、私ですか？　いえ、その……」

『勇者』は音頭をとるに相応しい者と言えるが、突然話を向けられた宮野は戸惑っている。

それも仕方ないだろう。だって圧倒的に年上、それも特に親しいわけでもない相手に向かって何か話さないといけないのだ。勇者といっても中身は普通の女の子な宮野に、すんなりできるものではないだろう。

「女の子を困らせんなよ、老害」

「安心しろ。お前よりは困らせた回数が少ねえからよ」

いや、おい。その返しはズルくないか？　そもそもお前ら宮野達と関わった時間が少ねえじゃねえか。回数が少なくて当然だろ。

なんて、そんな事を考えていると、ヒロは軽く息を吐いてその場にいた俺達を見回した。

「年寄りチームと若者チームの合同作戦を開始する！　……お前ら、若者の足引っ張んなよ？」

「年寄りチームの代表がなに言ってんだ！」

「一番足引っ張りそうな年寄りはあんただろ！」

そんな声とともにダンジョン『蜜の庭園』の探索が始まり、俺達はゲートを潜り、ダンジョンの中へと入っていった。

「それじゃあとりあえず手本を見せるが、よく見とけよ」

ダンジョンに入って目に入った光景は、平原だった。

だが、当然ながらただの平原ではない。

『庭園』というと、なんだかほんわかというか、お茶でもしたくなるようなほのぼのとした場所に思えるが、ここはあくまでもダンジョン。普通の庭園とは全く違う。

　このダンジョンには、池になるような量の蜜と、それを生み出す『樹』がいるが、この樹のモンスターがなかなかに厄介だ。特に、ただ倒すんじゃなくて素材を回収しなければならないとなると面倒極まりない。

　そのため俺達は、実際に良さげな蜜を探して採取をする前に、どうやるのか宮野達に手本を見せる事になった。なった、というか、見せる事にした。

「……その、本当に大丈夫ですか？」

　だが、宮野は俺達が……というかヒロ達が歳で引退したのを理解しているからか、どこか不安そうに尋ねてきた。

「おー、おー、なんだ宮野ちゃん。おっさん達の事を心配してくれんのか？」

「こんな若い子に心配してもらえるなんて、まだまだ俺達も捨てたもんじゃねえなぁ」

「ま、確かに俺達は歳くって全盛より衰えちゃいるが、まあ大丈夫だよ」

　ヒロだけでなくヤスとケイも焦った様子も不安そうな様子もなく答えているが、俺も大丈夫だと思う。

「俺もあっちに参加するが、お前らは周囲を警戒しとけよ？」

　俺が抜けた事でヒロ達は元々のチームが崩れてしまっているので、今だけは一時的に宮野達から外れてヒロ達のチームに参加する。

　まあ、外れるって言ってもゲームみたいに特別何か手続きが必要ってわけでもないけど。

「――さってと……作戦はどれだ？」

「一番オーソドックスなやつでいいだろ。見せる目的があるんだし」

「だな。じゃあ俺が囮で、ヤスが火力。ケイは阻害でコウは遊撃な」

「まあいつも通りだな」

　簡単に作戦会議を終わらせると、それぞれが配置について準備を整える。

「おっし。――じゃあ、やるぞ」

　ヒロはそう言うと、一度空に向かって武器を掲げ、走り出した。

「おら、でくのぼう！　こっちだこっち！」

　ヒロが両手に二本の剣を持って走り、目の前にいる樹木型モンスター『ハニーガードナー』に近寄っていく。

　すると、一定ラインを越えたあたりでハニーガードナー――ガードナーは近づいてくるヒロを捕らえようとしているのか、蔓を伸ばした。

「そうだ。よーし、こっちに来い！　んで、これでもくらっとけ！」

　近寄ったヒロにガードナーが蔓を伸ばすが、ヒロは粉状の除草剤を撒き散らし、ガードナーの蔓がそこに突っ込んでいった。

除草剤をまともに浴びた蔓はのたうち回り、その蔓を伸ばしている本体も悶えるようにうねっている。

除草剤なんてもんを本体の近くで使うと蜜にも影響が出るんだが、これだけ距離が離れてれば問題ない。

蔓の大元である樹も悶えているが、実の所本体には影響は出ていない。ただ蔓に出た影響で苦しんでるだけ。

人間が怪我をして苦しむのと一緒だ。指先を怪我したところで心臓に問題があるかっていうと、そんな事はない。それと同じ。

「ヤス！」

「おうよ！」

その隙にヤスが近寄っていき、身の丈まではいかないが、それなりに大きさのある両手剣を振り下ろして蔓を斬り落とした。

除草剤で苦しみながらも、ガードナーは抵抗するためにヤスを攻撃しようと蔓を伸ばした。

が、そこでケイの攻撃が突き刺さる。

ケイは治癒師だが、三級相応という魔力量の低さからそう何度も回復させる事はできない。

だが、数回程度の回復しかできないと足手纏いになるので、弓を使って援護を行う戦い方をしている。銃でも良いんだけど、音が大きいとそれだけで敵に狙われるからな。それに、そもそもケイは銃の免許持ってないし使えない。

そんなわけで、ケイは矢の形をした魔法具を放って、ガードナーの本体に攻撃を喰らわせた。

そして隙のできたところにヒロとヤスが伸びている蔓を斬り落とし、ガードナーの意識がそっちに向いたらケイが動きを止め、それでも止まらなかったらヒロが囮になってヤスが伸びた蔓を斬り落とす。

で、俺はというと、ヒロが言ったように遊撃だ。

蔓の量が多かったらその切断を手伝いに行って、ケイの攻撃を無視してヤスを狙うようなら本体の攻撃に参加したりヒロの代わりに囮を務めたり、そんな感じだ。これを何度も繰り返す。

すると、蔓を斬り落とされても再生していたガードナーだが、次第に再生の速度が遅くなっていった。

そしてついには、ガードナーの操る蔓の数が残り二本まで減ると再生される事はなくなり、動きに精彩を欠いてきた。

最初はパアンッといい感じの音を出す鞭みたいな鋭い動きをしてたんだが、今はヘロヘロ、ペシンって感じだ。

「よーし、あとは回収作業入るぞ。準備しとけー」

「「うーい」」

そんな気の抜けた返事だが、油断をしているわけではない。

後方に控えていた俺とケイが前衛に上がる。

本来後衛であるはずのケイがこんなに前に出る事なんてほとんどないんだが、こいつの場合は別だ。何せ回収するべき蜜はあの蔓の根本にあるんだから。

だから誰かが攻撃を引きつけて、その間に別の誰かが蜜を採取に行く。

それがランダムシロップの採取の仕方だ。

そして今回攻撃を引きつける役は、元から囮をやっていたヒロと俺。

俺達二人で、もう二本しか残っていないガードナーの蔓を引きつけ、その間にヤスとケイが池のように溜まった樹液――ランダムシロップを回収していく。

「終わったぞ！」

「おし、ラスト！」

その言葉を受け、俺とヒロはそれぞれ担当していた蔓を攻撃し、斬り落とした。

残っていた最後の蔓が斬り落とされると、ハニーガードナーは何かを絞り出すように体を振るわせてから蔓を再生させていく。

が、樹は再生の途中で急激に萎れていき、最後には自らの生み出した樹液の池へと倒れ込んだ。

「ふい～。疲れた～」

「やっぱ久しぶりだとズレがあんな」

「それ、歳の影響もあんだろ。もう四十になるんだぜ、俺ら」

「つか俺、もう四十超えてっけどな」

ランダムシロップを採取してからガードナーを倒した俺達は、小さな容器を手に少し離れた場所で待っていた宮野達の元へと軽く言葉を交わしながら戻っていった。

「ざっとこんなもんだ。あれがガードナーの倒し方——てか、シロップの回収の仕方だ。蔓を斬り落として弱らせて、それから回収する」

「す、すごいですね」

ケイの持っている蜜を指差しながら説明したのだが、宮野達四人は驚いたようにヒロ達を見ていた。

「そうかい？　まあそう言ってもらえたなら頑張った甲斐があるってもんだな」

自分の娘ほどの女の子に褒められたからか、ヒロ達は少し照れたように笑っている。

「密を回収する前に蔓を全部斬り落とさなかったの、なんで？」

「あいつな、蔓を全部落とされると、自滅するんだ」

「自滅？」

「ああ。無理に蔓を再生させようとして力を使い果たして、枯れる」

「あれ？」

安倍は倒れたガードナーを指差しながら問うてきたが、それが理由だ。

「ああ、あれだ。で、枯れるとああやって池に倒れ込んで、そこを中心としてなぜか急激に味が落ちる。だから蔓が再生しなくなったあたりで何本か残したまま回収するんだ」

「そうなんですか……」

宮野達は、ふむふむ、とでも言いそうな様子で頷いているが、敵の事を調べたのに俺達の行動の理由が分からないのは、情報にないからだろう。

冒険者の公式の情報サイトには、あの樹は蔓で攻撃し、再生する能力がある事は書かれている。だが、そこまでだ。それ以上の事は書かれていない。

なんでかって言ったら、それ以上は倒すのには必要ない情報だからだ。

別に全部蔓を斬った結果採取できる蜜の味が落ちたところで、冒険者の命には関係ないからな。倒すのに必要な情報は載せてあるんだから、それで冒険者が死んだ場合は対策か訓練が足りなかっただけの事だ。

もっとも、組合としては安全第一を考えて全ての情報を公開したいのだろうが、そんな事をしたらその場所で稼いでいる冒険者の飯の種を奪う事になってしまう。そうなったら、誰も真剣に新しいゲートの開拓をしようとしない。

だって、自分達が命をかけて必死こいて集めた情報も、後続は楽々手に入れて自分達の稼ぎ場を荒らしてしまうんだから。

それなら頑張って冒険者をやらずとも、『お勤め』が終わったら普通に仕事をしたほうが安全だし、冒険者よりも稼げる場合がある。

だが、それで冒険者が減ってしまっては困る。

なので、妥協点として敵を倒すのに必要な情報だけを載せ、他の小ネタや裏技の類いは記載しない事になっているのだ。

一応人に聞いたり、会員制の情報サイトを使えば調べられるんだが、こいつらはそこまではやらず表面的な情報だけのようだ。

「参考になったかな？」

「はい！」

「じゃあ次はお前らの番だ。適当に作戦を考えろ。最初は練習だから小瓶に四杯分回収したらそれでおしまいにするが、お前達だけで蜜を採取してもらうからな」

今回は護衛役としてヒロ達もいるし、俺も教導官としてここにいるが、こういう俺が戦わない状況での戦いってのは、いい経験になるだろう。

俺が姪を鍛えるために早上がりする間、こいつらだけでやっていけるのか確認もできるしな。

「ねえ、あたしはこれ置いても良いんでしょ？」

『ん？　ああ。まあ背負ったまま戦ってもいいが……』

「絶対動き辛いでしょ、そんなの」

「そうだな。ただ、それを置くんだったら気をつけろよ？　それを置いたまま全員が離れると、他のモンスターか流れ弾かは分からないが、最悪の場合は壊れる事になるぞ」

俺がそう言ってやると浅田は一瞬嫌そうな顔をしたが、すぐに宮野達と共にハニーガードナーに挑むための作戦会議を始めた。

今回の作戦では、浅田は背負った保存容器を下ろして、それを北原と安倍が守りながら戦う事になった。まあ、妥当(だとう)なところだよな。

「佳奈！　これを使って！」

「ありがと、瑞樹(みずき)！　それじゃあ、ちゃんと避(よ)けてよね！」

そうして始まった戦いだが、なぜか浅田は途中で自身の武器である大槌(おおつち)を捨て、代わりに宮野が斬り落とした巨大(きょだい)な蔓を手にした。

「どおおおおっ、せええええええい！」

そして掴(つか)んだ蔓を振り回し、巨大な鞭として扱う浅田だが……なんでそんな事してんだ？

「よおっし！　これなら全部叩き落とせる！」

「なら、そのまま制圧お願い！」

「まっかせて！」

宮野と浅田はそんな事を話しているが、今の会話から察するに、多分大槌だけじゃ何本も同時に向かってくる蔓に対応できないから、一気にまとめてなぎ払(はら)おうとか考えたんだろうか？

まあ、鞭の使い方としては素人もいいところだし、普通なら仲間である宮野にも当たりそうなもんだが、宮野はうまく距離をとって浅田の攻撃範囲外で動いてるから問題ないようだ。

見た目はかなり乱暴で適当な戦い方だが、それでも重量物を振り回してるだけで脅威にはなる。直撃じゃなくても擦るだけでダメージ入るし、一本一本蔓を迎撃するよりは楽か？

でも、両手じゃないと抱えられないような太さの蔓を片手で振り回すってどういう事だよ？　力があるのは分かってたが、相変わらず現実離れした力だよな。

だがまあ、これであいつが問題なく戦える事は分かった。

あと心配なのは、やりすぎて本体を折らないかって事だな。

「おーおー、流石に安定してんなぁ」

「だなぁ。おれらみてぇに奇策も道具も必要ない。ま、王道ってやつだよな」

「いや、王道かあれ？」

そんな光景をヒロ達が感心しながら見ている。

俺達は除草剤の使用や回復役による攻撃や魔法使いによる近接戦とかばかりだもんな。

浅田は安定して敵の攻撃を引きつけ、安倍が本体を攻撃して隙を作り、宮野が蔓を斬り落とす。北原は回復役のため攻撃しないで万が一に備えて待機。

うん。ほんと理想的なチームの構成と戦い方だよな。流石は勇者一行ってところか？

一人だけ武器がおかしいけど。

まあ、これほど安定して戦える状態にたどり着いたのは才能だけじゃなくて、こいつらの努力もあっての事だけどな。

「佳奈！　そろそろ気をつけて！」

「りょーかいっ！」

再生が遅くなり、蔓の威力もなくなってきた頃、宮野が浅田に声をかけた。

どうやら浅田が蜜の回収を行うようだ。まあ、実際にこいつらだけで来ても、蜜を採取するのは浅田の役目になるだろうな。だって、じゃないと保存容器を動かせないし。

「晴華もね！　三本以上燃やさないでよ？」

「分かってる」

俺達はラスト二本しか残さなかったが、こいつらは三本残す事にしたようだ。

事故死を防ぐための安全マージンと考えるなら残りが多い方が安定するし、こいつらなら三本どころか五本でも問題なく囮をこなせるだろうけどな。

「最後に！」

宮野の合図で攻撃をやめた安倍と浅田。

だが浅田は攻撃を控える前の最後の一撃とばかりに、武器代わりに持っていた蔓を放り投げ、本体に直撃。

そして、ガードナーは死んだ。

「「「あ――」」」

投げられた蔓の直撃を受けたガードナーは、蔓を再生させようとする様子も見せず、幹が半ばから折れて池へと倒れ、萎びたのだった。

「……えっと」

浅田は気まずそうな様子で宮野達や、後ろで待機していた俺達へと視線を巡らせ、最後にまた宮野へと視線を戻した。

「かぁ～なぁ～?」

「ご、ごめえん！　まさかあれで死ぬとは思わなくって……」

俺もあれで死ぬとは、というか折れるとは思わなかった。

「馬鹿力」

「むぐぅ……」

安倍の言葉を否定できないのか、浅田は唸るだけで何も言い返さない。

「はは、まあ失敗なんてよくある事だ。むしろ、あそこまでもってけたんだから最初にしては十分すぎるほどだよ」

「俺達なんて最初は逃げ帰ったもんな」

「だったな。いや、懐かしいわー」

昔は俺達も、金を稼げる上に危険度がそんなにないって事でこのダンジョンに来たんだが、初めの頃は苦戦しまくった。

それこそ、今ケイが言ったように敵がその場から動けないのをいい事に、ヤバそうなら逃げてのトライアンドエラーを繰り返したもんだ。

「再生が止まると急に脆くなるから、お前らが気をつけるとしたらそこだな。お前らは俺達と違って攻撃力が高いし、殺さないようにってのは結構むずいだろ」

俺達はどうやって殺すかを考えるが、こいつらの場合は逆にどうやって殺さないか、を考える必要がある。贅沢な悩みってやつだけどな。

「ねー。あたしだってあれ、全力じゃなかったのにあんなに簡単に折れちゃったし……」

「お前のはただの馬鹿力だと思うけどな」

「なんでよ！」

なんでって……だって普通あの蔓を攻撃手段にするとか考えないだろ？　そんな力なん

てないし。

それに、投げたところで普通はあんな威力は出ない。

「わ、私、何もできませんでした……」

だが、浅田が樹を折ったとはいえ、概ねいい感じだったにもかかわらず、一人だけ――北原だけが少し不満気な様子でつぶやいた。

しかし、なぁ……。

北原は何もできなかった、なんて呟いているが、それは何もできなかったんじゃなくて、何もしなかっただけ。むしろ今の状況では何もしないのが正解だ。別に、こいつは攻撃の手段を持っていないわけではないのだ。ただ、今の状況に適さないから使っていないだけで。

それに、ケイは回復役のくせに攻撃に参加していたが、それはチームの〝力〟が足りないからだ。

治療できる回数が少ないのだから、少しでも怪我をする可能性を減らすために自分も攻撃に参加する必要がある。だが、北原の場合はそうじゃない。

「それでいいんじゃないの？　俺みたいなのは力がないからお荷物にならないように色々できるってだけで、君みたいに何度も治癒をかけても平気なくらい力があるなら、それで

「ヒールを受けるのが当然っていうか、攻撃と回復をちょっとずつやるのでも十分だと思うよ？」

「というかそれが王道ってもんで、治癒師は変に他の事をやる必要はないってのが普通だ。だから安心しな」

頼りになりすぎるくらいに頼れる仲間がいるんだから、下手に攻撃して狙われる危険性を生む必要はないのだ。

後ろでドンと構えて、怪我をしたら即座に回復させ、他の敵が来たらみんなに警告する。それでいいのだ。

むしろ回復役としてはケイの方が間違っている。

だがそれでも何もできないで見ている状況ってのはすんなりとは受け入れ難いようだ。

「で、ですけど……」

「なら、弓じゃなくてパチンコでも使うのはどうかな？」

「パチンコ、ですか？」

「ああ。正確にはスリングショットだけど、まあ呼び方はどっちでもいい。あれなら少しの練習でそれなりに使えるようになるし、持ち運びも簡単で場所を取らないし、弾の補充もそこらへんの小石でできるから便利だよ」

「……やって、みますっ」

そんな北原の様子を見かねたケイが提案すると、北原はやる気のこもった声で返事をした。

俺としては純粋に治癒師としての戦い方を極めて欲しいんだが、本人の意思ってのは大切だからな。迷ってたり悩んでたりして、やる気がないのにやらせたところで、成果なんて出やしない。それだったら多少横道に逸れたとしても好きな事をやらせた方が伸びる。そういう事だ。

まあ、手段が増えるってのは悪い事でもないし、現状でも及第点は取れてるんだし、構わないかな。

そう判断すると、俺は先ほど浅田達が倒したガードナーの浸かってしまった蜜の池へと進んでいく。

そして池の側でしゃがむと、持ってきた小さな容器に蜜を回収していった。

「何してんの？　それ使えないんでしょ？」

俺が蜜を回収していると、その行動を不思議に思ったのか浅田を先頭に他の奴らもやってきて、問いかけた。

「まあ売り物としてはな。だが、自分達で食べる分には使えない事もないし、安くていいなら売れない事もないぞ？」

それに、成功した場合と失敗した場合の比較(ひかく)はできた方がいいと思う。

「ま、とりあえず次に行くか。安定して採取できるようにしないと、いい場所を見つけた時に失敗して悲しい事になるぞ」

一応今回は採取失敗という事なので、もう一度こいつらだけで戦わせてみよう。

その方がこいつらとしても納得(なっとく)できるだろうし。

そう判断して宮野達に話すと、宮野達は今度こそは、と意気込(いきご)んで次の獲物(えもの)を探すために歩き出した。

「うい、お疲れさん」

そうして見つけた新たなガードナーだったが、今度は幹を折るようなヘマをせずにしっかりと回収する事ができた。

「じゃあ問題なく倒せた事だし、一回試食してみるか」

俺はそう言うと、倒さずに浅田が回収した、『成功した蜜』を取り出して、それを宮野達に渡して舐めさせた。

「甘い」

「これは、確かに美味しいですね」

「これ……白いけど、りんご味？」

「見た目と味の違いがすっごいけど、味自体はいい感じね」

その反応に頷くと、今度は倒した後に回収した、『失敗した蜜』を舐めさせた。

「で、こっちが倒してから採取したやつだ。味は違うが、まあ舐めてみろ」

「む。苦い？」

「んー、そうね。甘いけど、なんだか後味に苦みが残る感じがするわ」

「これが、毒、なのかな？」

「じゃない？　これだと確かにお店では売れないかもねー」

「まあ、蜂蜜だってものによっちゃあ苦みのあるのもあるけどな。でも、毒入りっつってもそんな気になんねえだろ？」

「まーね」

とはいえ、苦みがあるかないか程度の差でしかないんだが、こういうものにはその『苦み』の部分が重要になってくるので『成功』した物は高いのだ。

そして、その『成功』の中でも匂いや味によってその価値が変わる。

「これ、もっともらってもいい？」

渡した容器を手にした安倍が、蜜を舐めながら問いかけてきた。

「晴華ちゃん。そう聞くんだったら、舐めるのやめてからの方がいいんじゃないかな……」

北原は苦笑いしながらそう言ったが、それでも安倍は指で蜜を掬って口に運び続けている。どうやらお気に召したようだ。

「まあ、いいんじゃないか？　どうせ味見用に採っただけなんだ。なくなったところで問題ないだろ。それに、もっと欲しいなら味や見た目を気にしなければその辺にいくらでもあるし、採るのはお前らだからな。その分戦う回数が増えるってだけだ」

「ん、やろう」

「え、晴華ちゃん、本当にやるの？　それに、蜜だけだと飽きたりしない？」

「大丈夫。おやつは持ってきてある」

そう言いながら安倍はクラッカーを取り出して見せた。

「えっと、なんでそんなの持ってるの……？」

いやほんと、なんでそんなの持ってんだろうな？

そう思ったが、結局みんなでちょっとしたおやつの時間となった。

「で、何味が一番いいの？」

「今回探してるのは桃、苺、りんご、メロン、柑橘系だな」

西瓜とかキウイはダメだ。味が薄かったり尖りすぎてたりする。それはそれで商品としては売れるが、万人受けはしない。

「りんごって、さっきのじゃん」

「ああ。だがあれは色が悪い」

「色、ですか？」

「味に関係あんの？」

色が黒だろうが赤だろうが、味には関係ない。

普通は色が変われば味も変わるもんだが、ここはダンジョンで、採れる素材はダンジョン産だからな。常識なんて放り投げてる。

「味にはない。だが、商品として売るんだったら見た目も重要だろ？　本当にいいやつは宝石みたいに透き通った色をしてるんだよ」

さっきのは白かったが、できる事なら味と見た目が一致しているものがいい。

味と色が一致してなくてもいいと言えばいいんだが、その場合は、かなり澄んだ色をしているのが望ましい。最高なのはルビーやサファイアのように透き通った輝く色。

まあ宝石レベルの澄んだ色ってのは本当にレアなので探しちゃいないし、探したところでそう簡単に見つかるとも思っていないが、まあ探しているのはそういった綺麗な色だ。

「へぇ～」

「あとは匂いもだな。あまり味と匂いが違うやつは少ないが、たまにある。苺の匂いで赤い色をしたピーマン味とかあるぞ」

「ピーマン味なんてあるんですね……」

「珍しい部類だけど、果物以外がないわけでもない」

基本的に匂いから外れる事はないのだが、たまに匂いと味が違うものがあるので、匂いだけで判断して持って帰ると後で泣く事になる。

それはそれで珍品扱いされて売れない事もないんだけど、普通は誰かに頼まれない限りはわざわざ探すような物でもないし、持って帰るような物でもない。

「まあそんなわけだ。色と匂いと味が一致したいいやつってのは、探すのに結構時間がかかるから、覚悟しろよ」

徹夜して明日の昼までに見つかりゃあ相当運がいい事になるんだが……どうなるやら。

翌日の昼過ぎ、俺達は蜜の採取を終えてダンジョンの外に出てきていた。

ダンジョンの中は日が暮れたりしないので一日中明るかったが、流石に徹夜で行動するのはきつかったようで、ヒロ達年寄り組は疲れた様子を見せていた。

「いやー、ひっさしぶりの外泊だったわー」

久しぶりの外泊ねぇ。俺としちゃあこいつらとダンジョンに泊まり込みで活動するのは普通の事なんだがな。

にしても、宮野達との外泊か……。

「コウは外泊なんてしょっちゅうだし、今更気にする事ないだろうけどな」

「しかも女子高生とな」

ヒロとヤスがニヤニヤしながらそんな事を言ってきたが、こいつら、完全に俺の事を揶揄う気でいるな?

「おい、なんだその悪意ある言葉。喧嘩なら買うぞ?」

「事実だろうが」

「事実でも、言って良い事と悪い事があるだろうがよお」

言っている内容そのものは事実なだけに反論できないが、外泊と言っても決してやましい事はしていない！　本当だぞ！

「にしても、こんな早く見つかるとか、マジで運がいいな」

「だな。一応俺、三日休み取ったんだけど、二日で終わったな」

宮野達がもう一度挑戦して成功した後は、浅田には保存容器を運ぶ係に専念してもらい、今度はヒロ達も参加して全員で協力してランダムシロップの採取に努めた。

そして、時々休憩を挟んだものの半日以上歩き通しで探した結果、それなりに満足のいく蜜を発見する事ができ、それを回収して戻ってきた。

採取したのは苺味だ。色も匂いもまだ上を目指せるが、味の濃さは満足いくものだったし、学園祭で売る分には十分だろ。

業務用の冷蔵庫くらいの量があれば、足りないって事もないだろう。

「ところで、これどうすんの？」

そんな蜜の詰まった冷蔵庫サイズの保存容器を背負いながらも軽々と歩いている浅田だが、そのまま学校まで持ってくってわけにはいかない。

蜜だから腐る事はないんだが、置く場所がない。まさかこいつらの部屋の中に置くわけにもいかないしな。そう考えながら俺はヤスを指で差した。

「ああ、それはこいつが回収して、学園祭の前日に運んでくれる」

こいつの会社ならしっかりと保存する場所もあるし、その方法も間違いはない。

俺達も冒険者やってた時によく恩恵に与ったもんだ。

「そこまでしてもらっていいんですか？」

「いいっていいって。最初にも言ったけど、宣伝の対価だとでも思ってくれればいいから」

そうしてヤス達の乗ってきた車――というかトラックの荷台に保存容器を乗せると、そこで今回の探索の全工程が終わった。

「じゃあ俺らは解散すっか」

「だなー。あとはコウがよろしくヤるだろうし」

「おい待て、言葉に悪意が感じられるのは気のせいか？」

相変わらずの軽口を叩きながら車に乗って行くヒロ達。

「宮野ちゃん達、俺らは帰るけど、またなんかあったら呼んでくれて構わねえよ」

「あ、ありがとうございました！」

車の窓を開けて手を上げながら話すヒロ達に、宮野達四人は改めて頭を下げて礼を言った。

「ああそれと。コウに関しての相談ならいつでも乗ってあげるから」

「頑張ってな！」

「さっさと帰りやがれ！」

余計な事を言ったバカどもにさっさと行くように催促すると、ヒロ達は笑いながら車を出した。

「あっ、契約の件は後で資料とか送るから、考えといてねー！」

そして最後にヤスがそんな言葉を残して、車は走り去っていった。

「ったく、大人しく帰れってんだあの馬鹿どもは……」

去り際に余計な事を言われた事で、俺はため息を吐きながら頭を振ると、宮野達の方に振り向いた。

「ともかく、これで一つは準備完了だな。蜜なら腐る事もないし、正しく保管しとけば学園祭までもつだろ」

文化祭まではまだまだ時間があるが、選んだ食材はどれも腐るようなものではないので少しずつでも集めれば、十分回収は間に合うだろう。

普通なら保存場所が問題になるが、それも今回と同じように回収したらヤスに渡しとけば適当に保存しておくはずだ。

「後は、えっと……なんだったっけ？」

「確か、薄刃華と温チョコと雨飴、じゃなかったかな？」

「ん。合ってる」

自分で提案しておいてなんだが、どれもめんどくさいやつなんだよなぁ。

まあだからこそ価値があるんだが。誰だって入れるような場所にあるものじゃ、そんなに高くないのは当たり前だ。

「次はどれにしますか」

「飴はあってもなくてもいい感じだな。手に入ったなら少し安くして客寄せ用に使えればいいが、なければないで構わない。先にメインになる予定の薄刃華とチョコの方を集めるが……」

メインは両方とも揃えたいが、優先度をつけるとしたら華の方だろう。

「先に薄刃華だな。チョコは代用できるが、こっちはそうはいかないし、ものがものだけに数をこなさないと回収できないからな」

最悪の場合、チョコは市販品でいい。それでも十分に映えるだろう。

だが、その映えるものの〝元〟がなければ意味がない。

元――つまりはチョコバナナのバナナにあたる部分である『薄刃華』だ。

「それじゃあ次の休みは薄刃華の採取ですね」

「ああ。ただ、採取自体は一日時間がある時じゃないとできないから、平日は基本的にその予行くらいだな。ランダムシロップと違ってゲートの場所は学校からそう遠くないし」

確かあそこは学校からだと一時間かからない程度で行けたはずだ。学校が終わってからでも通う事はできるだろう。

だが、そんな俺の言葉に宮野が首を傾げた。

「予行、ですか？」

「ああ。今回はヒロ達の都合をつけられたが、次は俺達だけだ。少ない人数でやるなら練習くらいしておいた方がいいだろ」

今回よりは小さめの保存容器を持っていくつもりだが、それだって咄嗟の状況で下ろしたりはできない。どうしたってワンテンポは遅れる。

そんな状況でもちゃんと行動できるように、まずは容器を持たずに何度か練習をするつもりだ。どうせ最初は目的地までたどり着けないだろうしな。

「じゃあそん時に一緒に少しずつでも採取してくのね」

「いや。練習って言ったろ。できたらそうしたいが、多分無理だ」

やってやる、と意気込んでいる浅田だが、俺は首を振った。

「なんで？」

「華の生息地はダンジョンに入ってから二時間くらい移動したところだ。平日の学校終わりにゲートまで一時間、帰りも一時間だとすると、お前達が探索に使える時間は二時間くらいなもんだ。それだと途中で戦闘があったら辿り着けないし、探索時間が二時間ってのも慣れてるやつなら、の話だ」

加えて、行きだけじゃなくて帰りにも二時間かかるのだから、行き来するだけでも四時間かかる。

三時に学校が終わるとして、そっからゲートまでの往復で二時間。ダンジョン内での往復で四時間。

それだけで夜の九時になってる。採取作業なんてやってられないし、解散して家に帰るべきだ。

「だったら探索時間を増やせばいいじゃん。九時半までならちょっと遅れたとしても寮の門限的にもギリ間に合うし、セーフでしょ」

「門限のギリギリを狙うもんじゃねえよ。それと、年頃の女の子がおっさんと一緒に夜出歩くもんでもねえ」

それでもし門限を過ぎたら学校側から文句を言われるのは俺だ。

女子高生を夜に連れ回したってレッテル付きでな！

そんなのは嫌すぎるので、俺は探索時間について譲るつもりはない。

咲月の訓練の事もあるし、遅くなるわけにはいかないのだ。

「だから、採取できるようならするが、基本的には本格的に採取に行く時に迷わないようにするためのもんだ。無理はしない」

なので平日の学校終わりの探索は、休日に潜った時にすんなりと目的地まで行けるようダンジョンに慣れるためのものだ。

「とりあえず、明日は普通に学校に行って訓練と消費した道具や使いそうな道具の準備にあてろ。で、明後日から……」

待てよ？　こいつら、仮にも……ってか正真正銘学生なわけだし、毎日ダンジョンに潜りっぱなしってのはつらいだろう。少なくとも健全だとは思えない。

死んでほしくないから鍛錬に手を抜くつもりはないが、それでも一日くらいは休みをやるべきじゃないか？

「いや、もう一日あけてその次の日から薄刃華のあるダンジョンでの探索練習だな。なんか異論のある奴いるか？」

そうして俺は回収日の予定を訂正したが、それに反論する奴はいなかった。

こいつらも休みは欲しかったのかもな。

「いないっと。じゃあ今日はこれで解散だな。お疲れさん」

「お疲れ様でしたー」

そうして俺達は一つ目の素材の回収を終えた。

「あれ？　叔父さん。おかえりー。帰りは明日の予定じゃなかったっけ？」

ダンジョンから帰り、家に着くと、完全にオフ状態の咲月の姿があった。

「……ああ、ただいま。ちょっと予定以上に上手くいってな」

今まで家に帰っても、「おかえり」なんて言ってくれる相手がいなかったので、咲月の言葉に一瞬反応が遅れてしまった。

こうして誰かと家の中で挨拶するのは久しぶりの事でまだ慣れないが……悪くない。

「ふう。やっと休めるな」

「今回は泊まりでダンジョンに行くって言ってたけど、どんなとこだったの？」

装備を外し、それを自室に置いてから居間に戻って腰を下ろすと、咲月がテーブルを挟んだ向かいに座って話しかけてきた。

「今日行ったのは『密の庭園』って場所だ。ちょっと蜂蜜……いや、樹液？　を採りにな」

「なんで疑問系なの？」

「樹液って言うにはちょっと疑問が湧くものだからだな」

「ほえ～」

俺の言葉の意味を理解したわけではないだろうが、それでも感心したように声を漏らしている。

……っと。ああそうだった。こいつに土産があるんだ。

「で、これがお土産だ。面倒見るって言ったのに、一日無駄にさせたお詫びだ」

そう言って一旦部屋に荷物を取りに行き、それを咲月に渡した。今回宮野達の文化祭用とは別口で俺が個人的に採ってきた蜜だ。

「うーん。私も久しぶりにゆっくりできたし、気にしなくても良いのに。まあこれはもらうけど……って、これ中身全部蜂蜜？」

「じゃなくて樹液な。品質はそれなりのものだ。味は……まあ好みがあるから分からないけどな」

一応質の良いものを回収したが、それが気に入るかは本人の好み次第だ。

「へえ～。……あ、結構美味しいかも」

咲月は蜜に指を突っ込んで舐めているが、反応は上々と言って良いだろう。

「気に入ったか？」

「うん。……でもこれ、本当に全部もらっちゃってもいいの？　結構美味しいし、お高いやつなんじゃない？」

「自分で採ってきたんだから実質タダだろ。気にすんな」

「じゃあ、遠慮なくいただきまーす！」

咲月はそう言うと、再び指を突っ込んでぺろぺろと舐め始めた。

「……ところで、叔父さんは文化祭って知ってる？」

だが、しばらくしてハッと思い出したかのようにこっちを見て問いかけてきた。

「文化祭って、あの学校のか？」

「あ、そうそう。多分それ。六月にあるやつ」

「まあ、知ってるな。それがどうかしたのか？」

知ってるどころか、俺も参加する事になったしな。

「あれ、参加してもいいかなー……って。こないだママから電話があってさ。そん時に文化祭の事をパパと話してみたんだけど、参加するんだったら叔父さんに聞いてからにしろ、って。どうかな？」

「あの文化祭、一年生は基本的に出店しないって聞いたんだが？」

「うんまあ、そうっぽいよね。一年生は覚える事もやる事もいっぱいでそんなに余裕がないから、文化祭は当日に楽しむだけだって。それに、新入生の歓迎の意味が込められてるみたいだし、そういった意味でも一年生は参加しないみたい」

「なら、なんでお前は参加したいんだ？」

「えー。だってせっかくのイベントでしょー？　どうせなら参加したくない？　それに、私は叔父さんから前もって色々教えてもらってたし、他の子達よりも進んでるからいっかなー、って」

　確かに、こいつは俺が教えているから、今の時点で学校で教わる事よりも多くの事を知ってるし、できるだろう。

　だが、だからといって、それは勉強や修練で手を抜いていい理由にはならない。

「……俺がお前に色々教えたのは、そうやって油断させるためじゃないんだがな」

「う……」

　普段とは違い、真剣な様子で話してやれば、咲月は怒られるのが分かったのか怯んだような声を漏らした。

「それに、お前は良くても他の奴はダメだろ。出店なんて一人じゃできないんだから、今回は諦めとけ」

「いや、一応手伝ってくれるって子はいるんだけど……」

「その結果……今やるべき事を疎かにして死んだとして、お前はどうする？」

「え？　……えっと、そんな大袈裟な……」

「『ダンジョンでは油断をするな』そう教えたと思ったんだが？」

咲月は、まあ俺が教えてるんだから他の生徒よりも生き残る確率は高いだろう。

だが、そんな咲月に付き合って鍛えるのを疎かにしていれば、その子は死ぬかもしれない。

「これくらいならいいだろう。少しくらいいいだろう。そうやって油断した結果、ダンジョンで死ぬ奴なんてそこらじゅうにいるぞ」

咲月は俺の言葉を受けて顔を歪め、落ち込んだ様子を見せているが、だからと言って許可を出すわけにはいかない。

これは「悲しんでます」ってポーズではなく、真面目に落ち込んでいるんだろう。それくらいは一緒に暮らしてれば理解できた。

こうするのがこの子のためだと分かっていても、身内が悲しい顔をするのはなんだかな……。

「……どうしても文化祭に参加したいってんなら、本参加はあれだが、俺の教えてる生徒のチームと一緒に、準備するくらいならいいぞ」

そう思ったからだろう。俺はため息を吐き出してからそんな事を口にしていた。

「え？　いいの？」

俺の言葉が意外だったんだろう。咲月はバッと顔を上げて問いかけてきたが、俺自身、こんな事を言うなんて意外だった。

だが、一度口にした以上「やっぱりなし」は利かないだろうし、無意識のうちに口にしたって事はそうしてやりたいと俺自身が思っているって事だ。

「ああ。まあ文化祭の準備と言っても、ダンジョン素材を使った喫茶店だから、ダンジョンに潜る事になるけどな」

だから、そう言って許可してやる事にした。

「ダンジョン！　でもそれって私が行っても平気なやつなの？」

「一応あの学校に入った時点で、ゲートへの侵入許可は出てるはずだ。俺が一緒に潜れば、よっぽどの事がない限りは大丈夫だ。チームの奴らも強いからな」

「ほえ～。……でも、本当にいいの？」

「ああ。そのうちお前も誰かとチームを組んでダンジョンに潜る事になるだろうが、その時に俺は教えられない。だったら、予(あらかじ)めダンジョンってもんを経験させて、教えられる事を教えておいた方がいいだろうと思ってな」

まあ、俺自身予定外の事ではあったが、どうせそのうちダンジョンに連れて行きたいとは思っていたんだ。今戦力が整っていて安全を確保した状態のうちに潜る事ができるのなら、それはプラスになる。

それに、『勇者』である宮野達と繋(つな)がりをつけておく事もできるし、悪い事ではない。

……はずだ。

「やったあ！　ありがとうございます！」

「ただ、基本的に見てるだけだ。参加と言えるほどの参加にはならないだろうな」

「それでもだいじょぶ！」

条件付きとはいえ、文化祭に参加できる事と、ダンジョンに潜れる事が重なって、咲月は両手でガッツポーズをして喜びを見せた。

……今度宮野達に咲月の参加について聞かないとだな。

さらに翌日。今日は平日だが、俺は学校が終わった後で宮野達と別れて研究所に来ていた。

「やあ、よく来てくれたね」

俺の対応をするのはいつものごとく佐伯さんだ。建物の前でタバコを吸って空を見ていた。

この人毎回いるけど、サボってていいんだろうか？　一応責任者のはずだろ？

でも、責任者なんてのはそんなもんかもしれないな、なんて思いながら俺は言葉を返す。

「これでも一応、『父親』なんて呼ばれるようになりましたからね」

「呼ばれるだけじゃないだろ？　戸籍上は君の養子って事になったじゃないか」

「いつの間にか、ですけどね。俺、サインとかした覚えありませんよ」

「そこはほら、『上』が全部グルだからどうとでも、って感じだね」

ニーナが俺を『父』と呼ぶようになったあの日から、なぜか俺はニーナの父親になっていた。

今ではそれも致し方なしと思っているが、その事を次に研究所に来た時に伝えられた俺は、なんというか、言葉がなかった。

「まあ、それは俺がどうこう言ったところでもうどうにもならないでしょうし、構いません。代わりと言ってはなんですけど、許可は取れましたか?」

「なんとか、ね。渋ってたけど、アレを縛る鎖を強固にするためだって言ったら、なんのかんの言われつつも了承をもぎ取ったよ。時間制限はあるけどね」

ニーナは以前に比べると圧倒的におとなしくなった。前よりも暴れる頻度が減ったし、わがままも、まああまり言わなくなった。

だがそれでも、安心するのは早いし、まだわがままを言う事だってあるので、時間制限を取り払うわけにはいかなかった。

『上』がニーナの自由を認めるのはまだまだ先だろう。

だがそれでも制限が緩くなっているのは事実。

いつかはあいつも普通に外で暮らせるようになる事を祈っている。

「それじゃあアレ――っと、『娘』のところに行くといい。君が長く接してくれるほど、講師役が燃やされずに済むからね」

「……前回からの被害は?」

佐伯さんは一瞬ニーナの事をアレと呼んだが、俺が父親やってる手前、娘と言い直した。

個人的にはニーナが『アレ』と呼ばれている事に言いたい事がないわけでもないが、それは俺の勝手な思いだ。今まで俺もそっち側にいたんだから、とやかく言う資格はない。

むしろ、こうして俺の前だからって訂正してくれるだけありがたい事だろう。

それに、ニーナがまだ『普通の女の子』として認められるには色々と足りないってのは俺もよく分かっている事だ。

「最近だと手足に少し火傷を負ったっていうのが一番の被害だ。以前から考えれば、皆無と言ってもいい程度かな。どうせここに来る講師役なんて、『ワケあり』なんだし、多少死んだところで、問題はないよ」

「それでも、感情の暴発はなくならない、か。ワケありだとしても人を傷つけるのは問題がありますし、完全になくしたいんですけどね」

ここでニーナにものを教える『講師役』は、全員犯罪者だ。

その中でも比較的まともな奴を揃えているし、部屋の中での発言は全て聞かれていて変な事を教えたらすぐに消されるので、教える内容自体はまともだ。

犯罪者を使っているのはニーナによる被害で死んでも問題ないと考えているから。

それでも人が死ぬのがいい事だとは思えないが、その方針に逆らうつもりはない。ここで何かを言ったところで、何も変わらないから、むしろ『上』からの敵意を買いかねないからな。

「ま、こっちとしてもその方が楽だし、理想を言えばそうだけどね。――何はともあれ、早く行くといい」

そこで話を切って俺はニーナのいるいつもの部屋へと進んでいった。

「ニーナ」

「お父様！　お帰りなさい！」

もはやすっかり慣れた『お父様』呼び。ニーナにとって俺は父親なんだろう。

俺達の年齢を考えるとそれでもおかしくはないし、俺自身も……まあ悪くはないと思っている。

「ああ。これが今回の土産、ダンジョンで採ってきた植物の蜜だ」

「ありがとうございます」

これは昨日採取したランダムシロップの一部。咲月にも渡したが、それとは別に確保していたものだ。

それを渡すと、ニーナはすごく嬉しそうに蜜の入った容器を抱き抱えていたが、お前は力もすごいんだから気をつけないと割れるぞ？

蜜を渡した後は、蜜を回収したダンジョンの事や、宮野達の様子なんかを話した。

だが、ふとどうしても気になってしまったので、聞くべきではないと思いながらも尋ねてしまった。

「……なあ、俺はお前が父親と呼ぶのに相応しいか？　たまに、ごく限られた時間に来る事しかできないってのに――」

「親も家族も知りませんが、こうしていると、すごく落ち着くんです。今までみたいな物足りないツクリモノの世界じゃない。わたしは一人じゃないって、ここにいるって、そう思えるんです」

「……そうか」

「はい」

俺は結婚したわけでも、実際に子供がいるわけでもないんだし、父親になる事に不安はある。

だがそれでも、ニーナがここまで言うんだったら、できるかはともかく俺ももう少し父親らしくするかな。

「ニーナ」

「はい。なんでしょう？」

「今度宮野達の学校で文化祭があるんだが、それにお前も行きたいか？」

「瑞樹の学校？　……文化祭とは、なんでしょうか？」

一瞬分からないのかと思ったが、俺にとっては当たり前でもこいつにとってはその生い立ち的に、今まで関わってこなかったから知らないのだろうと理解した。

「あー……学生達が小規模な店や研究の発表を出す祭り？　……まあ、学生主催の遊ぶ日だ」

「遊び！」

なんと言っていいか分からずそう答えたが、なんか違うような気がする。

それでもニーナに楽しげなものだという事は伝わったようだ。

「──あ」

だが、すぐに笑みを消して言葉を止めてしまった。

「……ですが、わたしが行っても、いいのでしょうか？」

こいつもこいつなりに自分の立場というものを理解し始めたのだろう。自分が外に出るために必要な事や、出た時の影響を考えるようになった。

以前から考えていたみたいだが、今は特にそれを気にするようになった。

「許可は取った。だから、どうする？」

「行きます！」

俺はそんなニーナの頭に手を伸ばして、許可が出た事を伝えてもう一度尋ねると、ニーナは嬉しそうに笑いながら返事をした。

　そうして話をしていれば時間が過ぎていき、帰る時間となった。

「次回は、本日頂いた蜜に合うようなお菓子を作りますから、だから……できるだけ、早く帰って来てください」

「──ああ。できるかぎり早く……少なくとも、前よりは間隔を空けずに来るさ。だから、何も燃やさずにいい子で待ってろよ」

「……わたし、以前に比べて何かを燃やす回数は減りました。頂いたリボンも燃やしてません！」

「そうだな。ああ。お前はいい子だよ」

　いつか普通に暮らせる事を祈って最後にニーナの頭を撫でると、俺は研究所から出て家へと帰った。

二章　薄刃華と温チョコレート採取

「さぁて、電車に揺られて約一時間。これから薄刃華の採取に行くが……宮野。ダンジョンの名前と特徴。それから警戒するべきモンスターはなんだ？」

二日後。俺は宮野達とともにゲート管理所にやってきていた。

今回はヒロ達はいないので俺達だけだ。前回よりも警戒しながら行く必要があるだろう。

「はい。このダンジョンの名前は『刃の森』。等級としては一級ですが、それはモンスターの強さではなくダンジョンの性質によるところが大きいです。モンスターだけではなく、草木や石など、存在している全てに触れたものを切る力が備わっていますが、ダンジョン全体が森となっていますので、その中を歩けば木の葉によって全身が傷だらけとなります」

宮野は頷くとハキハキと答えたが、そう。ここはダンジョンそのものが敵と言ってもいいような場所。地面に生えている雑草ですら害になる。

「モンスターは何種類か存在していますが、中でも『刃織り蜘蛛』が要注意で、その蜘蛛が出した糸は森の中ではほぼ不可視と言っていいほどの鋭い刃となり、知らずに踏み込めば首が切断される事もあります」

「ん、よし。ちゃんと勉強してるようで何より」

宮野の言った通り、ここのモンスターは単体ならそれほど強い敵ってわけじゃない。

ここで一番警戒するべきモンスターは一メートルくらいの大きな蜘蛛だが、倒すだけなら俺だって余裕で倒せる。

だが、森の中となると話が別だ。

この蜘蛛は粘着性のものと切断用の二種類の糸を吐き出すんだが、蜘蛛の巣に捕まればそこから逃げようとしただけで全身を切り裂かれる事になる。

が、それさえ警戒しておけば大した事ない敵だ。問題はここが森の中だから簡単にはいかないって事だが、それでもこいつらなら大丈夫だろう。

仮に巣に捕まったとしても、ちょっと紙で切ったような傷ができるかもしれないが、それだけだ。

巣から逃げて、巣の主を倒した後に北原に治してもらえばそれで終わり。

複数の敵や蜘蛛以外の敵が来ても問題ないだろう。

「まあそんなわけで、ここは結構危険な場所だ。モンスターそれ自体はそれほど階級が高いわけでもないが、ダンジョンの危険度が高い。探索するには常に結界を張るしかないんだが、万が一逸れた時に自前の結界がないと大変な事になるから、全員個人用の結界の魔法具を持っとけよ」

すぐに治せるとはいえ、それでも怪我をする事に変わりはない。

怪我を避けるためにはチームメンバーの誰かが結界を張り、その中に入って移動するのが普通だ。

個人用の魔法具だけだと最後までバッテリーがもたないが、だからといって魔法具を持たないと結界から出る必要がある時や、止むを得ず逸れた時にどうしようもなくなる。

なので、このチームには北原という結界役がいるが、俺は全員が魔法具を持っているのを確認した。

「薄刃華の採取はちょっと面倒だが、それはその時になってから教える。今はまず辿り着く事を考えろ」

そんな説明を終えて四人が頷いたのを確認すると、俺は宮野に視線を向けた。

「じゃあ勇者様、号令をお願いしますっと」

「……はい」

勇者と呼ばれた宮野は、微妙に何かを言いたそうな顔をしながらも返事をした。

「今日は練習だけど、練習だからこそ油断しないようにね。注意されたのにヘタに怪我でもしようものなら、伊上さんに笑われちゃうわよ」

宮野はそんなふうにメンバー達を笑わせているが、失敬な。俺は人の失敗を笑ったりはしないぞ。

「いや、そんな事で笑わないぞ？」

「あんた、今までの自分の言葉を思い返してみなさいよ」

「……気のせいだろ」

「笑われたやつがここにいんのよ！　主にあたし！」

「そりゃあお前、あれだ。記憶違いだろ。ボケるには早すぎねえか？」

「ボケてんのはあんたよ！」

出発前にしては些か緊張感が足りないかもしれないが、緊張しすぎるよりはいいだろう。こいつらだっていざダンジョンに入る事になれば気を引き締めるだろうし、そう教えてきたからな。

そして俺達は話を終えると、素材回収のためにゲートの中へと入っていった。

行きで二時間かかるはずの道のり。今日は初めてだし辿り着けないだろうと思っていた。

「まじか……」

だが、今俺の目の前には、そんな辿り着けないと思っていたはずの薄刃華の群生地が存在していた。

……こいつら、初日にしてここまで辿り着きやがった。それも、二時間もかからずにだ。

いや、辿り着いた事自体は喜ばしいし、無茶（むちゃ）をする様子もなかったから咎（とが）める事でもないんだけどな？

「わあっ、綺麗（きれい）……」

そこだけ鬱蒼（うっそう）とした森が途切（とぎ）れたかのような光景で、降り注ぐ光が半透明（はんとうめい）の花弁を通り、プリズムのように辺りに虹色（にじいろ）の光をばら撒（ま）いていた。

「どんなもんよ！　初日にして辿り着いてやったけど、なんか言う事ある？」

「あー、こりゃあ……素直（すなお）にすげえな。辿り着けないと思ってたんだが……」

俺はこいつらの実力を……いや、努力と成長を見誤ってたみたいだな。

他の三人が景色に見惚（みと）れている中で、浅田（あさだ）だけが俺の方へと振り返ってドヤ顔をかましてきた。

だが、それに文句を言えないだけの実績が目の前にあるわけだし、俺はそんな浅田の態度に文句を言うつもりはなかった。

だってこれは、こいつらの頑張りの結果なんだから。

それを認めないわけにはいかないし、俺としてもこいつらが俺の予想を裏切ってここまで来られた事は素直に喜ばしいと思う。

「よくやったな」

「え？　あ、う……うん」

だから純粋に褒めてやったのだが、なぜか不満げな表情で唇を尖らせて顔を逸らした。

なんでだ？

「――っと、いつまでも見てるわけにはいかねえな」

辿り着いたはいいが、時間がないってのも事実だ。

だが、このまま帰るんじゃこいつらの今日の頑張りが無駄になるような気がしたので、今日は教えるつもりはなかった採取の方法を教えようと思う。

「採取の方法だが、魔法使いが必要だ」

「なら、私と晴華と柚子ですか？」

「北原は結界に集中したほうがいいだろうから、宮野と安倍だな」

採取をするにはそれなりに集中しないとなので、結界が切れないようにするためにも北原は参加しない方がいいだろう。

「こうして手だけを結界から出して薄刃華の根元に触れる。で、ゆっくりと魔力を流し込んでいく」

俺はそう言いながら北原の張っていた半球状の結界から指先だけを出して、怪我をしないように慎重に薄刃華の花の付け根に触れた。

「すると、ある時点でその花にとって最適な量ってのが分かるんだが、その最適な量の魔力を流し続けると……」

話を続けながらも、言葉通り花に魔力を流していくと、なんの前触れもなく突然花がポトリと落ちた。

が、それをあらかじめ予想していた俺は、落ちてきた花を受け止めた。

普通に咲いている時に触ると刃の部分で怪我をするが、こうして茎から離れてしまえば刃は柔らかくなり、効果をなくすので普通に触れる。まあ、柔らかく、と言っても普通の花のような柔らかさじゃないけど。

「こうして花が椿みたいにボトッと落ちる。失敗すると牡丹みたいに花が萎れていく感じになる」

無理に花だけ採ろうとしても同じだ。ハサミや剣で切ったところで、すぐに枯れてしまう。

『椿とか牡丹って言われても、分かんないんだけど？　あんた、花について詳しいの？」

「……まあ、前にちょっと本で読んだ事があるくらいだな」

美夏――以前の恋人が庭造りに興味があったからな。その関係で多少は花の知識がある。

まあ、ほんとに多少だし、聞き齧っただけだから間違った知識もあるだろうけど。

「必要なのは最適な量を見極め、それを安定して流し続ける事だ」

俺の説明を受けて宮野と安倍は近くにあった薄刃華に手を伸ばし、俺がそうしたように指先だけを結界から出して花に触れ、魔力を流し始めた。

「「――あ」」

「失敗だな。二人とも多く流しすぎだ」

が、俺のように花を回収する事はできず、すぐに枯らせてしまった。

その後も何度か挑戦していたのだが、あまり上手くいかず、挑戦してはダメにしている。

このペースで枯らすとそのうちなくなるかもしれないが、一週間も待てばまた同じ場所に咲くだろうからなくなることはないはずだ。

「二人とも、大変そうですね」

「そんなに難しいもんなの？」

結界を張るだけで暇な北原と、同じくやることがなくて暇な浅田が話しかけてきた。

「まあ、二人とも特級だからな。火力を出すのは得意でも、細かい調整は苦手なんだろ」

「ふーん……そんなもんかー」

浅田はそう呟いてから苦戦している様子の宮野と安倍へと視線を向けたが、自分が魔法使いではないので魔力の制御の難しさを知らないからか、今一つ大変さが分かっていない様子だ。

「……ってかさ、そもそもそれって食べられんの？」

浅田は今度は保存容器の中に入っている薄刃華を見てそう問いかけてきたが、まあそれも当然か。

ここにあるものは全て刃のような効果を持ってるんだ。そんなものを食べられるのか不思議だろう。

「ん？　ああ、ほら」

だが、正しい方法で採ると普通の花よりも硬いが、食べられる状態へと変わる。当然刃も消える。

俺はその事を実際に食べて知ってもらおうと思い容器を放り投げて渡すと、浅田と北原はそこから花びらを一枚千切って口に入れた。

「なんだろう？　なんだか、面白い食感だけど、あんまり味がしないような……」

「ん～……なんかびみょー？　ほんとにこれ売り物になるわけ？」

「そのままじゃ大したもんじゃないからな」

浅田と北原が口に運んだのを見て、宮野と安倍も手を止め、二人も同じように花びらを一枚取り、口に入れる。

「ほのかに花の香りがするわね」

「お菓子？」

正しい方法で採取したこの花は、花の形をしたウエハースと言える。

なんかお菓子を食べた時のサクサク、或いはもさもさしたそんな食感。

お菓子のウエハースよりも薄くて硬いが、基本はそんな感じだ。

元々は鉄すら傷つけるような刃だった事を考えれば、まあそんなもんだろうと思える。

だがまあ面白い食感ではあるが、似たようなものがないわけでもないし、それ単体で美味しいものでも、栄養があるわけでもないからあまり目立つ食材ではない。そもそも本来は食材として扱われないし。

雑草と同じだ。食べる事はできても食品としては扱わない、みたいな。食べて害があるわけでもないけど、だからってわざわざ食べようとは思わない。

この薄刃華はそんなマイナーなものだ。見た目だけなら他にももっといい花があるしな。

そもそも、ここは薄刃華を採取するためのダンジョンではない。一般的には防刃素材の採取のために来るような場所だ。

普通は薄刃華なんて、見た目が綺麗だねー、程度の評価しかされないだろう。

なんで俺がそんなマイナーなものを知っているのかって言うと、先輩から教えられたからだ。

先輩って言っても学生の頃の先輩だとかじゃなくて、冒険者の先輩だ。

俺達三級で、なおかつ結構歳のいってる冒険者は、自分達を守るためにそれなりに情報を共有している。

その中に、この場所で売り物になりそうなものを探して彷徨った冒険者からの情報があり、それによって薄刃華の採取方法が分かったのだ。

「味はこの間のシロップやチョコをかけて食べるからな。一応食感も売りにならないでもないが、ぶっちゃけこいつに求めてるのは見た目だけだ」

どうせりんご飴みたいに蜜をかけて固めるんだし、見た目さえ良ければ味なんてどうでもいい。

りんご飴だって、ぶっちゃけ見た目だけで飴の味とか期待してないだろ。だって中身はりんごのままだし。アレと同じだ。期待しているのは飴をかけた後の見栄えだけだ。

「つっても、見た目だけとはいえこいつが本体になるんだからしっかり集めろよ」

りんご飴やチョコバナナのようにして売るわけだが、この薄刃華はりんごやバナナに相当する部分だ。これがなかったらただの蜜とチョコを売る羽目になる。

まあ、蜜もチョコもそれ単体で売れない事もないかもしれないけどな。だって高級品だし。

「でも、これ結構難しいですよ」

宮野はこっちに振り返って不満げにしてるが、難しいだろうってのは分かってるし予想してた。

だがそれでもやるしかないのだ。

「だろうな。お前らからしたら蟻を潰さないように踏む、みたいなもんだろ」

「伊上さんにとってはどんな感じですか？」

「俺か？　俺は、そうだな……懸垂して同じ高さで止まり続けるくらいか？」

「……ずいぶん違うんですね」

「そりゃあな。力の強さも量も違うんだ。精密さを求めるんだったら、そうなるだろ」

だが、精密な作業がそれなりに得意な代わりに、俺は宮野達のように何度挑戦しても問題なし、とはいかない。

精々十回挑戦できればいい方で、それだって休みながらか補充薬を使わないと無理だ。

後々帰る事も考えると、まあ五回がチャレンジ回数ってところか。

宮野達の場合はそんな事を気にする様子もなく何回も挑んでるけどな。

「まあ、元々今日はここまで辿り着けなかったはずなんだし、失敗したところで問題ないだろ。訓練だと思って頑張れ」

それから十分もしたら一つも採取できずに不貞腐れた様子の宮野と安倍を連れて帰還したのだが、その後は魔力の制御を練習したようで、週の休みに二日連続で行った事で成功し、必要な量は回収できた。

もっと時間がかかるものだと思ってたんだが、まさか森を焼いてリヤカーで運ぶとは思わなかった……。

確かにその方法ならより多く運べるし、往復するのも楽だ。

人がいないかは確認したし、ダンジョン内の森なんてしばらくすれば復活するとはいえ……本当にまさかだったよ。

素材を保管してもらうためにヤスに手配してもらった業者に渡したのだが、その量にヤスから一度連絡があった。あいつもこの早さと量は予想外だったらしい。

「あとはチョコと飴、だね」

「だねー。でも温チョコってどんなんだろ？　食べた事ないんだよねー」

「そうね。普通に買おうとすると結構高いものね」

今回はこれで最後になるダンジョンから出てきた宮野達はそんな事を話している。

だが、高いって言っても、こいつらのポケットマネーから軽く買える程度のものだ。

何せこいつら一級の働きにふさわしく金持ちだし。……羨ましい。

「お前ら金はあるだろうに」

「お金はあっても感覚的に庶民っていうか、なんとなく高いのって買いづらいんだってば」

「倹約家、とまではいかないですけど、それでも一粒千円のチョコはちょっと高いかなって」

「そもそも、売ってるところがこの辺にない」

温チョコはその性質上店での直接販売じゃないと売れない。何せ常温や冷温で置いておいたら溶けるからな。

だいたい四十度くらいだったか？　温チョコが溶け始める温度は。

普通のチョコはそれ以上になると溶けるが、温チョコはその逆でそれ〝以下〟になると溶けてしまうので、普通には売れない。

いやまあ、売れない事もないんだが、普通に保冷してると液体になるので、固形のお菓子として食べたい場合は、液体のチョコを買って自分で温め直して調理するか、店で買うしかないのだ。

「あんたは食べた事あんの？」

「あるぞ。まあ俺も買ったんじゃなくて自分で採りに行ったんだがな」

「そう、なんですか？」

「やっぱ自分で食べるため？」

「何が『やっぱ』なのか分からないが、違う。金になるからだな」

あそこはよかったな。高級品だから採りに行ったんだが、結構いい金になった。

モンスターの難度もそんなに高くないし、準備さえしてれば比較的に安全に稼げた。

その分ダンジョンがめんどくさい、ってか長居したくないくらいに暑いからもう一度行きたいかって言うと、できれば行きたくないと答えるけどな。

「へえ～。まあそれはどーでもいいや。で、肝心のチョコはどんなだったの？」

「そうだなぁ、たこ焼きみたいなもんか？　熱いのを口の中で転がしてると溶ける。口の中で溶けるのは普通のチョコと同じだが、まあ初めが熱いか熱くないか程度の差だな。で、味は普通だ。いや美味しいんだが、極端に苦いってわけでも甘いってわけでもない……まあバランスのいい味だ」

って言っても、あれは味はともかくとして食感は実際に食べてみないと分かんないだろうな。

「その辺は実際に食べてみれば分かるだろうし、次の楽しみにしておけ」

そうして俺達(おれたち)は二つ目の素材を回収し、素材を業者へと引き渡す事でその日の作業を終えた。

「よーっし！　今日はもう帰るだけね！　つっかれたー」

ゲートを潜(くぐ)って地球に戻ってくると、浅田は引いていたリヤカーから手を離し、体をほぐしながらそう口にした。

「佳奈(かな)、そんなに動いてない」

「そうなんだけどさー。やる事なくって逆に疲(つか)れたっていうの？　あの場所から動けなかったし、戦いもそんなになかったしで、もうちょっと動きたかったなーってね」

「なんだか、泳ぎ続けないと死んじゃう魚みたいだね」

「むっ。あたしだって落ち着いてる時はあるんだから。今回は、ほら。ダンジョンなのに動きがなくって肩透(かたす)かし喰(く)らっただけだってば」

「ふふ。まあ、今回佳奈はそれを引いてるだけだったものね」

そんなふうに話し、笑っている宮野達。いつもならこれで軽く手続きをした後に帰るだけなんだが、今日は俺から少し話がある。

「あー、お前ら、ちょっといいか？」

「はい。なんですか、伊上さん」

「今度行くダンジョンに一人連れて行きたい奴がいるんだが、同行させても大丈夫か？」

「伊上さんが選んだのでしたら、私達は問題ないですけど……」

「誰？　またあの安田さんとか？」

「いや、あいつらじゃない。連れて行きたいのは……俺の姪だ」

浅田の問いに首を振ってから答えたのだが……。

「めい？　……姪!?」

俺の言葉を聞いた浅田は一瞬首を傾げたが、すぐに驚いた様子を見せた。

だが、前に伝えたと思ってたんだけどな……。

「そういえば、姪御さんのために私達の訓練に手を抜いてる、って話でしたね」

「言い方。手を抜いてるつもりはねえよ。……まあ、結果としてそうなってるのは悪いな」

「ふふ、ごめんなさい。別に責めるつもりじゃなくって、ちょっとした冗談です」

宮野は少し揶揄うような表情と口調で話している。本人の言うように冗談なんだろう。

「まあ改めて言うと、一応不出来な姉がいてな。その娘だ。今こっちの学校に通ってるんだが、文化祭に参加したいらしくてな。せっかくだし、ダンジョンの訓練として連れて行こうかと思ってな。もちろん、お前らが良ければ、だが」

「あー、そういえばそんな事も言ってたかも。……ってか、今更だけどその子ってうちの学校なわけ？」

「そうだ。本来なら別のとこに通う予定だったんだが、俺みたいな覚醒者をよく分かってる親族がそばにいた方がいいだろうって、姉がこっちに寄越したんだ。一緒に行くって言っても、実際にはほとんど見てるだけの観光客みたいなもんだろうけどな。ぶっちゃけ足手纏いだ。だから、それでも良ければ、ってな」

俺がそう言うと、宮野達は納得したように頷いた。

「へー。そうだったんですね。私は構いませんよ」

「あたしも問題なーし」

「私もオーケー」

「わ、私も大丈夫です」

そうして俺は咲月の参加の許可を取る事ができ、次のダンジョンには咲月も同行する事が決まった。

「そうか。ありがとな。んじゃあ次に素材集めに行く時に連れてくるから、よろしくな」

そうして一週間ほどの休みを経て、今回は温チョコの回収へとやってきたのだが……。

「は、初めまして！　桜木咲月です！　今回はご迷惑をおかけするかと思いますが、どうかよろしくお願いします！」

宮野達の許可を得る事ができたため、今回は咲月も同行する事になり、今は緊張した様子で挨拶をしている。

「ええ、よろしくね。私は宮野瑞樹よ。一応このチームのリーダーをしてるわ。今日は初めてのダンジョンで大変だと思うけれど、守ってあげるから安心してちょうだい」

「はい。ありがとうございます！」

咲月は宮野へ丁寧に頭を下げているが、全然緊張が解けていないな、これ。それどころか、なんだか固まっている気がする。

「あたしは浅田佳奈。よろしくねー」

「安倍晴華。よろしく」

「わ、私は北原柚子、です。えっと、よろしくね？」

「は、はい！」

そうして全員の自己紹介が終わり、これからの事を話そうとしたのだが、そこで咲月が恐る恐るといった様子で口を開いた。

「……あのー、ところで宮野さんって、えっと……あれですよね？　『天雷の勇者』の……」

「え、ええ。その呼び方は恥ずかしいけれど……そうね」

咲月の言葉に、宮野は恥ずかしそうに若干視線を逸らしながら頷いた。

「本当⁉　本当に勇者だったの⁉　叔父さんなんで言ってくれなかったわけ⁉」

宮野が自身の言葉を認めた事で、咲月は勢いよく俺へと振り返ってきたが……

「ああ、素で忘れてた。悪いな」

正直、本気で伝えるのを忘れていた。

でも、俺にとって宮野達はただの教える相手でしかないけど、世間的には学生のうちに『勇者』になった超有名人だったな。驚くのも無理はないか。

「悪いですまないくらい驚いたんだけど！　っていうか、なんで叔父さんが勇者の先生やってるの⁉」

「……さあ？　強いて言うなら偶然とその場の流れと……世の理不尽のせい？」

「何それ……」

俺としてはこれまでの事を簡単に話したつもりだが、そんな説明で理解できるはずもなく咲月は呆然としている。

「それは、伊上さんが優秀だからよ。桜木さんも一緒にいればそのうち分かると思うけれど、あなたの叔父さんはすごい人よ」

「お、叔父さん……そんなすごい人だったんですか……？」

「全然だ。俺は所詮三級でしかない。それはお前も知ってるだろ？」

咲月は『勇者』が俺を褒めるから驚いた様子でこっちを見ているが、俺は俺の事をすごいとは思わないので同意しかねる。所詮俺は三級でしかないのだ。

「そうだけどぉ……」

「まあ、伊上さんの凄さは実際に見ないと分からないと思うわ。ともかく、今回はよろしくね」

「は、はい！　みなさんよろしきゅお願いします！」

咲月が緊張しないようにと、宮野は優しく声をかけたのだが、そんな心配りは無意味だったようで咲月は思いっきり緊張した様子を見せている。

「そんなに緊張しなくても平気だって。どうせ一学年しか違わないんだもん」

「そうね。普通に先輩後輩みたいな感じで大丈夫よ。なんだったらもっと砕けても気にしないわ」

「はい、ありがとうございまふ！」

「……」

二度続けて噛んだ事で、緊張するなと言っても意味がない事を理解したのだろう。宮野達は苦笑いをしてそれ以上何も言わなくなり、噛んだ本人は顔を赤くして黙ってしまった。

「とりあえず、自己紹介は終わったみたいだし、今日の事について話すぞ」

そうして話を振ってやれば、宮野達はこちらへと顔を向け、それに続いて咲月もおずおずとこちらを向いた。

ここでも浅田に保存容器を背負ってもらうのだが、今回は咲月がいる事もあって、万全を期すために容器のサイズは普通だ。

それだと何回も往復する事になるんだが、まあ、まだ文化祭までは時間があるんだし、そんなに焦る事もない。安全を重視するべきだろう。

「ダンジョン名は『双極の大地』。凍土と、そこにある火山でできた世界だ。凍土には沼みたいに溶けたチョコがあって、火山内では石みたいにチョコが生まれてる。今日はそれを回収しに行くぞ」

温チョコは普通のチョコとは逆に、あったかいと固まり、冷たいと溶けるという性質を持っている。

そのため採取するにはあったかいところ——というか熱いところに行かないといけない。冷たいところでも溶けたチョコならあるんだが、その場合は靴の泥やモンスターの血なんかが混じったものになってしまうので、商品には適さない。

火山内に入るよりも簡単に手軽に採取できるので、それを売る悪質な店もあるけど、バレたら捕まる。だって食品衛生法に喧嘩売ってるような行動だし、なんでかは知らんが最初っから溶けた状態のやつって品質が悪いんだよな。だからそれを普通のやつだと言って売ろうとすると詐欺も当てはまる事になる。

ダンジョン産の素材を用いた犯罪は通常よりも重い罰を受ける事になるので、基本的に誰もやらない。まあ、よほどのバカか金に困ってるやつならやるけど。

「う～～～～……さむぅ」

一度どんな場所かを分かってもらうためにゲートの中に入った俺達だが、その時はなんの対策もしていなかったのですぐに撤退した。

しかし、ダンジョンから戻ってくれば寒くないはずなのだが、戻ってきてもまだ先ほどまで感じていた寒さが残っているようで宮野達は腕をさすっている。

ほんとに一瞬だったけど、普段着で北極に行ったらそうなるだろうな。

「あんな感じだから、ここでは安倍に周囲を暖めてもらって進む事になる」

「ん。任せて」

安倍は炎系の魔法を使うから、それで周囲を暖めてもらえば問題なく進めるはず。

モンスターはチョコの沼に紛れて近寄ってくる蛇だとか擬態してる熊がいるが、それ自体はそう強いものでもない。

それでもここが一級のダンジョンとして設定されているのは、時折くる吹雪と、その後にある火山という環境の変化によるところが大きい。

だがそれだったら、その環境の変化の対策をしてしまえば格段に難易度が低くなる。

「問題は火山内に入ってからだな。暑いを通り越した熱さだから、気をつけろ」

そう言いながら俺は宮野達に対策としてあるアイテムを渡していく。

こいつらはこのダンジョンについても調べてるだろうし、多分持っているとは思うが重複しても嵩張るようなもんでもないし持っておいて損はないだろう。

「冷氷石だ。多分持ってると思うが一応渡しておく。……持ってるよな？」

念のために尋ねてみたのだが、しっかりと全員が頷いたので安心する。

これで持ってないって言われたら準備をしっかりしろって説教が始まるところだった。

「効果や使い方は知ってるか？」

「とりあえず調べて用意したわけですし、知識だけなら。実際に使った事はありませんけど」

知識だけなら、と言っているが、それは今渡した冷氷石が珍しかったり価値があるために触れる事ができなかったからじゃない。むしろ逆だ。

日本においては、と前置きがつくけど、冷氷石ってのは一般的には価値がない。

理由としては、その石の質によって効果範囲や強度が変わるが、『衝撃を加えられると周囲を冷やす』という、ただそれだけの効果だからだ。

一見便利そうな石だが、あまり一般には普及していない。

何せ、わざわざダンジョンから採らないといけないそんなものを使わなくても、冷蔵庫や冷凍庫なんてものがあるのだ。

部屋が暑ければクーラーを使えばいいし、何かを冷やして運ぶんだったら保冷剤でいい。

冷氷石を使うのはもっぱら業者で、一般人はまず使わない。

「火山内に入ったら各自で使え。一個で一時間くらいは持つはずだから、チョコの採取中は平気なはずだ」

基本的な説明は終わったので、後の採取に関しての詳しい話は道中でいいだろうと切り上げると、そこからは咲月を交えての軽い雑談が始まった。

初めての事で緊張してるだろうし、そうやって話をするのは決して悪い事じゃないだろう。

それからしばらくして俺達はゲートの前へと向かい、ゲートを潜る直前、俺は前を進む宮野達に声をかけた。

「……悪いけど、今回は少し面倒をかけるぞ」

「はい。今日のサポートは任せてください」

咲月を連れて行くわけだが、ここは初心者が来るにしては少し難易度が高い。

そのため、俺が守るつもりではいるが、宮野達にも補助を頼む事にした。

こいつらにとっては邪魔かもしれないが、まあ誰かを守りながら進むってのも良い経験だろ。

「特に北原。咲月の守りを頼む」

「は、はい。傷一つ負わせませんっ」

誰かを守り、癒す事がメインの役割である北原に頼めば、北原は杖を胸の前で構えると、それを掲げて魔法を発動させた。

その直後、咲月だけではなく、俺達全員の体が淡い光に包まれた。

数秒すればその光は消えたが、それでも俺達にかけられた魔法の恩恵が消えたわけではない。これならば、不意の一撃を受けたとしても怪我する事なく耐えられるだろう。

そうしてゲートを潜ってダンジョンの中へと入った俺達だが、俺はさっと周囲の様子を確認してから、初めてのダンジョンに感動している咲月へと声をかけた。

「咲月。教えた通りに動け。お前はまだ覚醒したばかりだし、まともに鍛え始めてから日が浅いから、基本的には助ける。だが、心の中では助けは来ないつもりで行動しろ」

「あっ。は、はいっ！」

俺の言葉に従い、咲月は緊張しながらも剣を手にして前を進んでいく。

そんな咲月の後を追って俺達も進んでいくのだが、背中を突かれた感触がしたので振り返ってみると、宮野が不安気にこっちを見ていた。

「あの、初めてなのに咲月が先頭でいいんですか？　少し危険じゃ……」

「ああ。必要な事は教えたから、知識だけなら問題ないはずだ。それに、必要な事だからな」

確かに宮野が言っているようにここは初めての者を先頭にするには適さない。

だが、その事は理解しているが、それでもこの行為自体は必要な事なのだ。今後咲月が冒険者をやっていくにあたって、やっておかなければならない事。

だから、多少の危険はあっても、俺は咲月を先に進ませた。

「っ。……コースケ」

「分かってる」

ダンジョンを進み始めてからしばらくして、安倍が警戒した様子で話しかけてきたが、それの意味するところは理解している。——モンスターだ。

「……？　あっ！」

咲月はそのモンスターの存在に気づいていなかったようだが、何か違和感のようなものは感じているのか首を傾げていた。

そして、ついにその違和感の正体が姿を見せた。

蛇だ。それも、体長二十メートルくらいはある巨大な蛇。

そんなものが側にあったチョコの沼の中に潜んでおり、咲月が近くを通った瞬間に襲ってきたのだった。

「あうっ……」

だが、咲月は突然そんな化け物が現れた事で、怯み、体を震えさせてしまう。

まさに蛇に睨まれた蛙といった姿だが、そのまま動きを止めているわけにはいかない。

「咲月、動け！　なんのために鍛えたんだ！」

そう叫んでやれば、咲月はビクッと体を跳ねさせ、咄嗟に横へ身を投げ出した。

「っ、くうっ！」

その瞬発力は二級にしてはなかなかのもので、咲月は直撃を受ける事なく避ける事ができた。だが、完璧に避けられたというわけでもない。避ける際に蛇の体が擦ったようで、『攻撃を受けた』というショックからか、北原の結界に守られているにもかかわらず痛そうな声を漏らした。

「やだ……やだっ！」

そんな攻撃を受けた恐怖からか、咲月は涙を浮かべながら再び剣を構え、自分を喰らおうと突っ込んでくる蛇に向かって思いきり振り下ろした。

「あ……」

偶然もあったのだろうが、その剣は見事に蛇の頭部に叩きつけられ、蛇の命を奪った。

「はあはあ……」

敵と戦い、倒したのだから疲れて当然ではある。それにしても疲れすぎているように見えるが、それは当たり前の事だ。これは咲月に限った話ではなく、宮野達もそうだったし、俺だってそうだった。

初めての殺し。それを経験した後なんだから、疲れて当然だ。

「大丈夫か？」

「……え？　あ……う、ううん。だ、大丈夫。これくらい、なんて事ないよ」

それに加えてダンジョンに来たのも初めてという事もあり、ここまで警戒しながら歩いてきた疲労も合わさって、咲月の顔色はあまり良いものとは言えなくなっていた。

だがそれでも、咲月は自分は大丈夫なのだと気丈に振る舞ってみせた。

「なら、その手の震えはなんだ」

俺がそう聞いてやると、咲月は一瞬戸惑ったような様子を見せたが、自分の手に視線を落としてからゆっくりと答えた。

「あ……こ、これは……違くって、その…………怖かった」

最初は否定しようとした咲月だったが、最後には小さく自身の感情を吐露した。

だが、それは当たり前の事だ。自分を殺しにかかってくる化け物を前にして、怖くない奴なんていない。いるとしたら、そいつは頭か心のどこかが壊れてる。

それに、たとえそれが自分を殺しにきたモンスターであれ、何かを殺すというその感触はすぐに消えるものではない。

殺されかけた恐怖。自分が殺した恐怖。これからこんな事を続けないといけない恐怖。

咲月の中は、そんな『怖い事』でいっぱいだろう。

「それが分かったなら、上出来だ。ダンジョン、なんて名前に騙されるな。ここは怖いところで、命を狙われるのも、命を奪うのも、怖い事だ。ここは命懸けの場所なんだって事を覚えておけ」

「……うん」

俺の言葉に小さく頷いた咲月の肩を叩き、少し離れた場所で待ってくれていた宮野達のところへと向かった。

「っはあ～。あたしらん時もそれくらい丁寧に教えてくれればよかったんじゃないの？　ねえ？」

「あ、あはは」

「まあ、あの時は仕方ないいんじゃないかしら？　状況が状況だったもの」

「私、いなかった……」

宮野達のところへと向かうと、そんな会話が行われたが、これは単なる嫌みではなく少しでも場を和ませるための気遣いだろう。その証拠に、と言うべきか、浅田は咲月に顔を向けながら話しかけた。

「咲月ー。よかったね。あいつあたしらの時にはひっどいやり方だったんだから」

歳が一つしか離れていないため、宮野達は咲月の事を受け入れ、それなりに仲良くしてくれている。浅田なんて会ったばかりなのにもう友達感覚だ。

「そ、そうなの？」

「そうそう。あたしらが怖がるっての分かってて、無理やり突っ込ませたんだから。ねー？」

そんな浅田の態度が良かったのだろう。咲月は少し戸惑い気味だが、それでも普通に答える事ができている。怖さでどうにかなる、という事はないだろうな。

「勝手に突っ込んでったのはお前らだろうが」

俺は眉を寄せながらそう返したが、そんな俺の言葉なんて誰も聞かずに楽しげに話をしている。

だがまあ、そんな事はどうでもいい。それよりも、今回咲月を連れてきたのは正解だったな。宮野達……特に浅田がいてくれて助かった。俺もケアはしたが、こう上手くいくかっていうと、微妙だっただろうな。

それからは宮野達がメインとなって、時折咲月も戦わせつつ進んでいった。

「瑞樹さん達も最初の頃は失敗とかあったの？」

「ええ、そうね。最初の頃って言っても、ダンジョンに潜り始めてからまだ一年経ってないけれど、それでもあの頃は今に比べるとずっと拙かったわ。最初にダンジョンに潜った時なんて、咲月より酷かったもの」

「じゃあ、いつか私もみんなみたいにカッコ良くなれるかな？」

「そうね。伊上さんに教えてもらってるんだもの。きっとなれるわ」

「ま、こいつ教えるのは上手いからねー」

宮野達と咲月は楽しげに話しているが、俺はその話を聞いて眉を顰めざるを得なかった。

「……宮野。悪いけど、お前らちょっと一人で戦ってもらっていいか？」

「え？　それは構いませんけど、お前〝ら〟ですか？」

「ああ。全員、一人で戦う様子を見せてやってくれ」

そう言いながら咲月へと視線を向ければ、それで俺の意図に気づいたのだろう。宮野達は頷いた。

「よっし！　ちょうど暇だったし、じゃああたしから――」

そして四人の中から浅田が前に出て行ったのだが……

「あ、お前は最後で」

俺はそんな浅田を呼び止め、順番を最後にするように言った。

「なんでよ！」

「理由があるんだよ。できれば宮野から頼む」

「はい。分かりました」

浅田の叫びを軽く流して宮野に頼めば、宮野は特に文句を言うでもなく頷き、剣を抜いて一人で前へと進んでいった。

「よく見ておけよ、咲月。あいつらは冒険者の中でも一流と呼ばれる能力を持った奴らだ。そして今、目の前にいるのが――」

最初に咲月が遭遇した時と同じように、そばにあったチョコの沼から蛇が飛び出した。

「その中でも『勇者』なんて呼ばれる規格外の存在だ」

だが、咲月が苦戦したその蛇も、宮野は一瞬で斬り伏せた。

自分に攻撃しようと突っ込んできた蛇の眼球に向けて静電気のような小さな電気を放ち、蛇が弾かれたように身を捩ったところで接近し、剣を振っておしまいだ。

「これで良いでしょうか？」

宮野はなんでもなかったかのように、剣を鞘に収めながら戻ってきた。実際、今のこいつにとってはなんて事ない敵だろう。

「ああ、ありがとな。次は……」

「私」

俺が残っている三人へと顔を向けると、安倍が杖を構えながら前に出て行った。

「安倍か。頼む」

「ん。……少し派手にいく」

安倍はそう言うなり魔法を発動させた。だが、それは攻撃のためではなかった。

ではなんのためなのかというと、索敵のため。

安倍は宮野のように突然襲われても即座に反応できるわけではない。反応そのものはできるだろうが、迎撃までできるかというと不安が残る。

だからこその索敵。以前どうやって周囲の把握をしているのかを聞かれた時に教えたが、今の安倍は、その時の経験を生かし周囲の熱源を感知する事ができるようになっていた。

ずっと展開していられるわけではないので使い所が限られるのだが、それでも便利には違いないし、今みたいに敵を探す場合は役に立つ。

少しすると、安倍は敵を発見したのか魔法を発動し、拳大の大きさの炎の球を一つ発生させた。そしてそれは俺達が進む先に転がっていた茶色い岩に向かって命中し、燃え上がった。

その岩――に擬態したモンスターは直前になって危険を感じ取ったのか動いたが、遅すぎた。

小さな球だったはずの炎が一瞬にして火柱となった光景は、かなりの迫力だ。それなりに距離があるのに、こっちまで熱くなってくるとすら感じられる。

「どうだった?」

魔法を使い終えた安倍は、普段の無表情にどこか誇らしさを感じさせる笑みを浮かべている。

「よかったぞ。ただ、まだ魔力は残ってるだろうな?」

「もちろん」

「ならよし」

あの程度で魔力を使い果たすとは思ってないが、それでも確認して自信満々な頷きが返ってきた事で、俺も笑みを浮かべて頷き返した。

「つ、次は私、ですね」

「ああ。一応聞くが、できるか?」

「はい。あんまり得意じゃないですけど、大丈夫です」

残っているのは浅田と北原だが、浅田は最後だと俺が言ったので、実質北原しかいない。

そのため、北原はいつものように眉尻を下げて自信なさげな様子を見せながらもそれまでの二人と同じように前へと進み出た。

「ねえ叔父さん。柚子さんって、治癒師だよね？　なのに攻撃するの？」

後衛であり治癒師という攻撃には適さない役割の北原が一人で戦う事が心配なのか、咲月は小声で話しかけてきた。だが、そんな心配は無用だろう。

「まあ見てろ。あいつはあれでも一級だ。得意不得意はあれど、できないわけじゃない。……それに、多分あいつが一番ひどい」

「ひどい？」

俺の言葉を聞いて咲月は首を傾げているが、俺の予想通りならあいつが一番モンスター達にとって戦いたくない相手だろう。

北原の向かった先では、さっきの安倍の炎を見て集まったのか、空には真っ白な鳥のモンスターが群れを成して飛んでいる。

その鳥型モンスター達は北原を認識するとすぐさま襲いかかってさたが、その嘴も脚も、全て北原に触れる前に弾かれた。

北原がやった事としては、ただ杖を掲げて魔法を使っただけ。それだけだ。

だがそれだけで攻撃してきた敵の攻撃は全て結界で弾かれ、そして、気づいたら近寄ってきた全てのモンスターは結界に閉じ込められていた。もう、あの敵は逃げる事もできなくなってしまった。

攻撃も逃走もできず、モンスター達が慌てふためいている結界。その結界が徐々に小さくなっていき、モンスター達を押し潰した。

咲月はそんな光景を見て顔を青くしているが、無理もない。ただ倒すんじゃなく、あんなグロテスクな殺し方になったんだからな。

普段は素材の関係や消費する魔力、味方への誤爆なんかの問題や結界を張るまでの時間、それから収縮していくのに時間がかかるという欠点があるためチームで戦ってる時はできないけど、一人で戦うとなったら迷う事なくやる。敵の攻撃を完封して、潰す。これが北原の戦い方だ。

「ど、どうでしょうか？」

「十分だ。ありがとな」

生き物を生きたまま潰すという凄惨な光景を作り出したにもかかわらず、北原は普段と変わらない態度で、自信なさげに戻ってきた。その様子に不気味さや恐ろしさを感じないでもないが、まあ気にする事はないだろう。

「そんじゃあ、今度こそあたしの番ね！」

そして最後に、今まで俺に止められて残されていた浅田がバトンのように大槌を振り回

しながら言い放った。

「ああ。……少し、派手にやれ」

「んえ？　んー、まあ了解？」

俺の言葉に浅田は首を傾げたものの、言う事を聞くつもりはあるようで頷いた。

そしてしばらく進んでいくと、茶色い岩が視界に入った。

あれは安倍が攻撃したものと同じモンスターで岩に擬態しているだけだ。

普段ならそのまま先制攻撃するか、避けるかなんだが、今回は戦って、その様子を咲月に見せつけてもらう必要がある。

だから、俺はその辺の小石を拾ってそのモンスターへと投げつけた。

「あ、ちょっ！」

俺が小石を投げた事でモンスターは擬態を解除し、立ち上がった。

「勝手にやって……もう！　一言くらい言ってよね！」

姿としては、熊が一番近いだろう。だが、その皮膚は毛ではなく、ゴツゴツとした茶色く硬い肌に覆われているかわいげのない化け物だ。

本来は擬態して敵を罠に嵌めるのだが、そんな事をしなくても十分に強い。普通の冒険者が一対一で近接戦闘を仕掛ければそれなりに苦労するだろう。――普通の冒険者ならば、だが。

「この！　えいっ！」

掛け声は少し可愛らしいが、その結果は凶悪の一言に尽きる。

襲いかかってきた熊型モンスターを一撃でかち上げ、回し蹴りのように一回転させた大槌で頭を殴り、そのまま地面へと叩きつけた。

「これが、みんなの力……？」

浅田の戦いを見た後の咲月は、呆然と呟いた。だが、それも無理はない。

これまで咲月も戦わせてきたが、その戦いでは北原の守りがあって、俺達に補助してもらって、その上で息絶え絶えでなんとか倒した敵なのに、それをチームではなく個人で戦ってこうもあっさり片付けられたら、自分と宮野達の差を感じる事だろう。

「どんなもんよ！」

「ああ、お疲れさん。よくやったな」

「まあね。このくらいは余裕ってもんよ！　あと百匹来ても問題なしってね！」

戻ってきた浅田は元気が有り余っている様子で笑っている。

「……」

だが、それとは対照的に咲月は暗い顔をしている。

宮野は勇者だから仕方ないと憧れで見ていた。

安倍と北原は魔法使いだから自分とは違うと純粋に驚き、讃えていた。

でも、浅田は自分と同じ戦士系だ。階級の差があっても、ここまで離れているとは思っていなかっただろう。頑張れば届く。そんな認識だったんじゃないか？

だからこそ『自分も勇者みたいに』なんてことを言っていた。

それなのに、これほどまでの差を見せつけられてしまい、落ち込んだ。こんな奴らと比べたら、自分が大成する未来が見えないから。

「それじゃあ――咲月」

びくっ、と俺が呼びかけた瞬間に、咲月は体を跳ねさせ、恐る恐るといった様子でこちらを見上げてきた。

かと思ったら笑みを浮かべ、明るい声で話し始めた。

「あ――あ、あははっ！　みんなすごいよね。さすが勇者チームって感じで――」

「咲月。もう一回戦ってみろ」

だが、そんな作り笑いをしている咲月の言葉を遮り、俺はそう告げた。

その俺の言葉を聞いた咲月の表情は、どことなく悲しげに歪んだ。

今の戦いを見て、改めて自分も戦ってみせろだなんて、確かに嫌だろう。

でも、現実を認めないといけない。

「ハアハア……」

そうして戦った咲月だったが、その結果はひどいものだった。

現れたモンスターは最初と同じように蛇だったが、当然ながら宮野達のように一撃で、なんて事はできなかったし、なんだったらこれまでのように戦う事もできなくなっていた。

咲月は馬鹿正直に剣を構えて敵と向かい合って戦ったが、それは多分意地だろうな。自分も頑張れば宮野達みたいに戦えるって思いたかったから。

でも、無理だった。

敵の攻撃を何度も受け、迎撃しても弾かれて武器を落とす。北原の守りがなければもう死んでいただろう。

最終的には俺が蛇の目に特殊な仕掛けが施してあるナイフを放ち、怯んだ隙に接近してそのナイフを握り直し、仕掛けを作動させナイフの先端からガスを噴射して頭部を破壊して終わった。

そうして蛇を倒した俺は、咲月と向き合った。

「これで分かったろ。お前の適性は前衛だが、こいつみたいに正面切ってぶつかり合うようなタイプじゃない。それに、二級程度じゃ敵とぶつかったところでたかが知れてる。お前じゃこいつらみたいな『強い奴(やつ)』には届かない」

　咲月は俺とは違って二級だが、魔法は使えない前衛型の覚醒(かくせい)者だ。

　だが、俺よりも才能があると言っても、所詮二級ではモンスターとの殴り合いなんてできない。

「……はい」

　弱々しく返事をした咲月は、宮野達を見ているが、その眼差(まなざ)しには羨望(せんぼう)が籠もっていた。それを理解した宮野達は、身内からそんな視線を向けられた事でたじろいだが、俺はそれを無視して話を続ける。

「魔法が使えないから安倍や北原のような役割はできず、宮野のような戦い方もできない。俺みたいに道具を使えば似たような事ができるかもしれないが、それでも残弾(ざんだん)数に限りがある以上はどうしたってメインの火力にはなれない。同じ戦士型だとしても、力が足りないから浅田のように一人で敵を抑(おさ)える事もできない」

　敵とまともに戦う事ができたとしても、浅田のように鮮(あざ)やかに一撃で仕留めるなんて事はできず、盾(たて)を使って時間をかけての殴り合いになるだろう。だがそれは、こいつが憧れているような冒険者の姿ではない。

「だが、『一流』になれないわけじゃない」

「っ！」

俺がそう言ってやれば、咲月は驚いたようにバッと顔を上げて俺の事を見つめてきた。

「お前は動き回れ。お前は戦士型というよりも、斥候型が向いてる。要は忍者みたいな動きだ。それを目指せ。チームの誰よりも先に進んで危険を感じ取り、動き回って敵の隙を突く。それがお前に求められる役割だ。そうすれば、お前は冒険者としては二級だろうと特級と張り合う事ができる」

咲月は、純粋な強さでは宮野達に勝つ事ができない。それどころか、その足元にも及ばない。

でも、冒険者として活躍できないかと言われるとそういうわけでもない。

危険ではあるが、斥候役として鍛えたのなら、状況次第では宮野達よりも活躍する事ができるだろう。要は役割の違いだ。

「……いや、特級は言いすぎたな。せめて一級くらいか」

「でも、それくらいなら頑張れる？」

「頑張れるかどうかはお前次第だが、それなりには活躍できるんじゃないか？」

冒険者なんてずっと続けてほしくないし、本当は適度に鍛えておしまいでよかった。冒険者なんて続けても先はない。そう思わせられれば、咲月だって『お勤め』が終われば冒険者を辞めるだろう。そうすれば命の危険なく人生を送る事ができる。そう思っていた。

だが、こんなところで潰れてほしくなかった。悔しげに顔を歪めた姪の姿を見てしまえば、そう思わずにはいられなかった。

だからこそ俺は、勇者のようになれる、という咲月の認識を改めさせ、それに近づける道を示した。

「まあ、今のお前はそれなりに優秀だ。少なくとも、俺が出会ったばっかの時のこいつらよりも、ずっとな」

難しい道だとは思うが、全く可能性がないわけじゃない。何せ、『勇者』と呼ばれる宮野達だって最初はダメダメだったんだから。

「え？」

「だってこいつら、力は強いけど、その力に任せてただ突っ込んでくだけだったからな。本人も言ってたろ、ダメダメだったって」

「そう、なの……？」

「えっと……あはは」

咲月の問いかけに、宮野は笑って誤魔化し、他の三人も似たような態度でそっぽを向いている。

「自分の力に慢心して、人の話を聞かずに行動して、その結果失敗した」

宮野も浅田も安倍も、みんな失敗して、悔しい思いをした。

「力不足を痛感して、悔しくて泣く事は誰だってあるんだ。多分、勇者なんて呼ばれるような奴らだって、そういう事はあるだろうよ」

そう言って視界の端で宮野を捉えると、宮野は恥ずかしがりつつ苦々しげな表情をしているが、咲月がそれに気づく事はない。

「だから、今の時点での力の差を嘆くな。お前は二級だから才能だけで考えれば弱いと言えるだろう。でも、これからも弱いままだって決まったわけでもない。他人を羨むくらいなら、自分に向き合って鍛えろ。そうすればお前は強くなれる」

「……うん。私、頑張る！」

咲月はそう宣言するなり俺に向かって頭を下げ、俺はそんな咲月の頭に手を置いて軽く撫でた。

「伊上さん、私達に対するよりもずっと先生らしい事してますよね」

それから再び目的地に向かって歩き出したのだが、その途中で宮野が少し不貞腐れたように話しかけてきた。

「そんな事ないだろ。お前らも俺にとっては可愛い教え子だ。……いや、別に可愛くはねえか」

「そこは訂正しなくてもいいじゃないですか」

そう言った宮野は少し不機嫌そうな表情をしつつも、どこか嬉しそうに見えた。

「……でも、やっぱり伊上さんは『良い先生』ですよね」

そして、そう言い残して先に進んでいった。

「それで、伊上さん。ここまで来たわけですけど……どうやって探すんですか？」

歩き続け、ようやく火山にたどり着いた俺達はこれから目的の品であるチョコを探すのだが、その事について宮野が問いかけてきた。

「まさか、これをちまちま拾ってくの？」

浅田は嫌そうな顔をして火山内を見回しているが、それこそが今回の採取における一番の課題だな。

温チョコは高級品だが、それは見つからないからという訳ではない。むしろ見つけるだけならば簡単だ。

何せ目の前にそこら辺にある小石の如く落ちているのだから。

そう。文字通り『小石の如く』だ。

小石サイズのチョコがばら撒かれたかのように地面に落ちており、温チョコの採取とはそれらを拾い集める事を言うのだが、ただ拾うだけではない。

周囲がマグマという環境のせいで、視界の色彩調整がバグってて一個一個ちゃんと見ないとチョコだか本物の小石だか分からないので、余計に手間がかかる。

更に、その地味に集中力を使う作業をマグマから出てくるモンスターの襲撃を警戒、対処しながらやらなければならないのだ。

加えて言うならこのモンスター、チョコが好物なのかまとめて置いてあるとその場所を優先して襲ってくるからタチが悪い。

ぶっちゃけ、クソめんどくさいのに気を抜けないのですごく疲れる。

「普通はそうだな。一個一個拾って回収だ」

「それは、なんというか……」

「うへぇ……」

「これじゃあ、高くなるわけだね」

「めんどう……」

咲月は今回の作業どころか、ダンジョンという場所での活動そのものが初めてだから何も文句を言っていないが、四人はその大変な、というかめんどくさい作業を想像したのか嫌そうな顔をしている。

実際に作業が始まれば、熱さも相まってやる気を削がれる事間違いなしだ。

だがそれが普通だ。他の冒険者達はそうやって採取している。場所が被らないようにするのもそのためだな。

拾う〝小石〟がなくなったら、ただでさえめんどくさい作業が余計にめんどくさくなるから。

まあ俺達はそんな事をしないわけだが。

「だが、それでもいいが、今回はこれを使う」

「それ、冷氷石ですか？」

「ああそうだ」

「なんでそんなのを使うの？　てかどーやって使うの？」

俺が取り出した冷氷石を見て怪訝な顔をする宮野達だが、無理もない。現在すでに一つ使っている状態であり、余計に使ったところで意味はないのだから。

だがこれには自分達を周囲の温度から守る以外にも使い方がある。

「温チョコは熱されると固くなるが、逆に冷やされると柔らかくなる。だからこれを投げて柔らかくなったものがチョコだ」

熱いと固まる性質を持つチョコは小石との区別がつきづらい。

だったら冷やせば形が崩れるからそれがチョコだ。

これが普通の場所で冷氷石の冷気に当てれば外にあった沼のようにドロッドロに溶けるが、ここは火山内であり、冷氷石を使ったとしても完全に冷える事はないので形をなくすほどは溶けない。

「じゃあこれをばら撒けばいいわけね」

「ところがそうじゃない」

が、ここまでは前置きだ。そう簡単にはいかない。

「冷氷石。一般には珍しい石だが、ここではそう珍しいもんじゃない。外の環境見たろ？探せばそこら辺にあるただの石だ。ここの温度をどうにかしようとして探して持ってくる奴だっているだろう。だってのに、冷氷石を使ってチョコの塊を探す方法が知られてないのはなんでだと思う？」

俺が問いかけた事で宮野達と咲月は顔を見合わせて相談し出したが、答えは出ないようだ。

「答えは簡単だ。冷氷石を使ったところで効率は変わらないからだよ」

冷氷石を使えば温チョコの場所は分かる。

だが、地面に落ちているチョコが分かったところで、大した成果にはならない。

何せ、地面にあるのはただの小石サイズのチョコなんだから。

そりゃあ小石かチョコかの見分けはつきやすくなるかもしれないが、そんなのは誤差の範囲として切り捨てられる程度。

慣れた奴ならそんな事をしなくてもさっさと回収できるだろう。

それに何より、冷えて見分けがつく程度に溶けるまでの時間が勿体ないので、ベテランは使わない。

「でも地面にはこんだけあるじゃん。どっかしらの地面に塊があんでしょ？」

小石があるのならそれを生み出している大元がある。そう考えるのは正しい。

だが、それを他の奴らは考えなかったかというと、それは違う。

「じゃあ誰も見つけてないのはなんでだ？」

みんな探してきたさ。だがそれでもチョコの発生源の大元は見つからなかった。

「溶岩の中？」

「三級の俺達には採りに行けねえなぁ」

安倍は溶岩の中に採りに行ったのか、と尋ねてきたが、三級である俺達が採りに行けたって事を考えてほしい。

俺達が溶岩の中なんて入ったら装備ごと体が溶ける。なので溶岩の中じゃない。

「地面じゃなくて壁とかじゃないかしら？」

「かべ……天井、とかはどうかな？」

溶岩の中ではないのなら、こんな見通しのいい場所で見つけられなかったのかって理由は、チョコの発生源が存在しないのではなく、単純に人の手が届く場所になかったからだ。

「北原正解。まあ天井って言っても、あの鍾乳石みたいにぶら下がってるやつだけど」

上を見上げると、天井付近が暗く見えるほど高くなっていて、そこにいくつもの先端の尖った岩がぶら下がっているのが微かに見えた。

「あれがチョコの塊？」

多分だが、地面に落ちているチョコってのはアレが落下して砕け散ったものだと思う。

そんな単純な事なら、ここで長時間採取作業をしている者達が気づくんじゃないかと思うが、人がいない時に落下するような仕組みにでもなっているのかもしれない。

或いは、単純に知っていても教えないだけかもしれないけど。みんなに知られたらチョコの値段が下がるしな。

まあそれはどうでもいい。俺としてはこいつら以外に教えるつもりはないし、仮に誰かが漏らしたとしても俺には被害がないからな。

ただ、後でこいつらにも他人に教えないように言っておこう。じゃないとチョコの価値が下がったら他の冒険者達から恨まれるかもしれないし。

「どうやって採りに行くのかしら？」

「ジャンプはどう？」

「えっと、それをやるなら佳奈ちゃん、だよね？　あそこまで跳べるの？」

「えっ！　できるの⁉」

宮野達の言葉に咲月が驚いた様子を見せているが、これは付き合いが短いんだから仕方ない。こいつら一級や特級の規格外ぶりなんてそうそう分かるものでもないからな。

「んー……できない事もないかもだけど、ちょい微妙かも？」

「……攻撃する？」

「砕けちゃわないかな？」

そんな事を考えている間に、宮野達はそれぞれ天井のチョコをどうやって落とすのかを四人で話し合っていた。

「——で、どうやんの？」

話し合いで結論が出なかったのか浅田が俺に尋ねてきた。ヒントはもうやったんだけどな。

「何すんの？」

「これ。この石使うって言ったろ？　浅田、ちょっとこれ持ってろ」

「いいから、ほれ早く」

俺は持っていた冷氷石を浅田の手に渡すと、別の道具を取り出した。

「で、これに粘着剤をつけて……」

「わっ、ちょっ⁉　手についたんだけど！」

「で、それを天井までぶん投げろ！　──あ、鍾乳石っぽいやつの近くを狙えよ」

「ちょっと、手についたこれどうすんの！」

「いいからさっさと投げろ。終わったら洗浄液渡してやるから」

「うー、ったくもう！　最初に説明くらいしてよ、ね！」

文句を言いながらも、浅田は思い切り天井に向かって冷氷石を投げた。

だが……

「……おい、天井までぶん投げろって言ったが、石をぶっ壊せとは言ってねえぞ。力加減ってもんがあるだろうが」

天井に向かって投げられた冷氷石は、天井に当たると音を立てて砕け散り、その粉が降り注いだ。

「し、仕方ないじゃん！　どれくらい力が必要かなんて分からなかったんだから！　それに咄嗟の事だったし――」

「ほら二個目。今度は粉砕するなよ？」

そう言ってもう一つ冷氷石を取り出して浅田に向けて放ると浅田はそれをキャッチし、俺がもう一度粘着剤をつけると、浅田は先ほどと同じように天井に向かって冷氷石を投げつけた。

「どんなもんよ！」

「まだ終わりじゃないぞ。これからが本番だ」

今度は砕ける事もなく、冷氷石はチョコの鍾乳石の近くに着弾し、天井に張り付いてその効果を発動させた。

「これであと数分待ってると、あの冷氷石の周りのチョコが軟化して、落ちてくる。それをキャッチしろ」

冷やされるとチョコが柔らかくなり、自重に耐えきれずチョコの塊が天井から落ちてくる。

それが俺達の見つけた採取の方法だ。見つけたって言っても偶然だけどな。

マグマから出てきたモンスターの攻撃を躱してたら、その攻撃が天井まで届き、チョコが降ってきた。

それが原因で、俺達は天井のチョコに気づいたのだ。

で、そっからは試行錯誤して天井まで冷氷石を飛ばして採取する方法を確立した。

「落ちてくるのを受け止めるって言ったら、佳奈がやるのかしら?」

「あたし? まあ、そっか。りょーかい。まっかせて!」

力を考えるとやっぱそうなるよな。

浅田は意気込んでいるが一つ注意しなければならない事がある。

「ああ、一つ注意だ。この時受け止める力が強すぎると壊れるし、逆に弱すぎると受け止めきれずに壊れる」

そんな俺の言葉を聞いて浅田だけではなく他の三人もまとめて頷き、それに遅れて咲月も頷いたはいいが受け止める係の当の本人はどこか気楽そうだ。

多分余裕だと思ってるんだろうが……まあ、失敗も経験のうちだよな。

どうせ何度でも挑戦できるんだから、一度くらいは……数度くらいは失敗してもいいだろう。

そう考えてから数分後、とうとう冷やされたチョコが自重に耐え切れないくらいに柔らかくなったのか、なんの前触れもなく突然落ちてきた。

「きゃわあっ⁉」

それをキャッチしようと浅田が反応し、待ち構え、そして見事に——潰した。

「うえっぷ……あっま～……」

柔らかくなったチョコを思い切り抱きしめて潰した事で、浅田の全身はチョコまみれになった。

「……ぷっ。くくく……」

そんな等身大のチョコ人形みたいになった浅田を見て思わず笑ってしまったのだが、浅田は手の中に残っていたチョコの塊を無言で投げてきた。

「うおっ⁉　てめえ何すんだ！」

咄嗟に投げられたチョコを避けたのだが、今回は俺悪くないだろ。ちゃんと注意もしたし。

まあ、そうなるかもなと思って黙ってはいたけど。

「笑うからでしょ！」

それは、まあ……。

いや、でも……笑うだろ？

「……いいじゃねえか。それだけの量の温チョコを買おうと思ったら、十万は軽く超えるぞ」

「じゃあその幸せをあんたにもお裾分けしてあげる」

「御免被る」

そう叫んでも変わらずチョコを投げようとしている浅田に手を向け、俺はその動きを制する。

「まあ待て。まあ落ち着け。ステイだ、ステイ」

「あたしは猛獣か！」

「似たようなもんだろ」

「……じゃあ噛み付いてあげよっか？」

「いや待てって。ほら、洗い落としてやるから大人しくしてろ」

これ以上は本気で怒られそうなんでやめておこうと、以前宮野が兎の体液を被って汚れた時みたいに、浅田に付いているチョコを魔法で落としていく。

「……今回は見逃してあげる。次は覚悟しなさい」

「なんだよその捨て台詞みたいなのは……」

悪役の捨て台詞みたいな言葉に苦笑していると、宮野が声をかけてきた。

「あのー、伊上さん……」

振り返ると、そこには浅田とは比べ物にならないが、それでも全身にチョコの飛沫を浴びた宮野達がいた。

まあ、あの距離でチョコが弾けたんだったら浴びても仕方ないか。

「ん？ ああ。お前達も洗ったほうがいいか」

「お願いできますか？」

「ああ」

そうして宮野達の体についた汚れも洗い落としたのだが、正直無駄じゃないかと思ってる。

だって何度か汚れる予定ってか、多分汚れるんじゃないかと思ってるし。

まあ、この程度ならそんなに魔力を使わないからいいけど。

「今度こそちゃんと取ってみせるから、覚悟しときなさい！」

「俺はなんの覚悟をすればいいんだよ……」

全員の汚れを落として綺麗にすると、浅田が俺を指差しながら意気込んで見せた。

「……あの。叔父さんと佳奈さんっていつもあんな感じなんですか？」

「うーん。そうねぇ。大体は、かな？」

「仲良し」

そんな俺達の会話が気になったのか、咲月は疑問を口にし、宮野と安倍がそれに答えた。

「いや、あれは仲良しって距離感じゃない気がするんだけど……」

「それは……まあ、ね？」

「えっと……実は叔父さんと佳奈さんは恋人同士とかっ？」

「あー、えーっと、別に佳奈も伊上さんも、そういうのじゃないんだけど……」

「恋人じゃないけど、その微妙な感じ。……もしかして、叔父さん告白された⁉」

火山の洞窟内部にそんな咲月の声が響き、宮野達が申し訳なさそうな顔でこっちを見ている。

「さ……さっさとやろ！　ねえ！」

そして、俺に聞こえたって事は当然浅田にも聞こえているわけで、浅田はなんとも言えない微妙な表情をしながらそっぽを向き、慌てて次の採取に移ろうと宮野達を促した。

「それじゃあもう一回挑戦するけど……伊上さん。伊上さん達も同じ事をやって回収したんですよね？　どうやって回収したんですか？」

「俺達も回収したのは確かだが……聞くばっかりじゃなくて考えるのも経験だ。頑張れ」

俺が応援の言葉を口にすると宮野達は五人で話し合いを始め、どうするか方法を決めたのか、何やら準備を始めた。

そして――

「どんなもんよ！」

浅田が天井に冷氷石を投げた。

それだけなら先ほどと変わらないが、その後は柔らかくなったチョコの塊に安倍が炎を放って、先端の一部だけを再び固めてから浅田が力を弱めてキャッチした。

チョコがしっかり固まってれば、浅田なら普通に受け止められるからやったみたいだが……柔らかくしたものをもう一度固めるなんてよく思いついたな。中までは固まり切ってないだろうが、掴む分には表面さえ固まってれば十分だからな。

俺の時は降ってくるチョコに水を纏わせ、それを操って落下の速度を調整したんだが、こいつらはこいつらなりに考えたようで何よりだ。

にしても、一回やり直しただけでクリアか。もう少し失敗すると思ってたんだけど……前回といい、こいつらも結構成長してるんだな。

「あ、そうだ。ねえねえ。寮は何号室なの？」

その後は流れ作業のように、とまではいかないが、それでもそれなりに慣れた様子でチヨコを採取し始め、しまいには雑談まで始めた。

「あ。えっと、私は通いなんです」

浅田の問いは咲月に向けられたもので、咲月はそれに答えるが、その答えに宮野が首を傾げた。

「通い？　でもご実家はこっちじゃないんでしょう？」

「はい。今は叔父さんの家で厄介になってます」

「へえ……へえ!?」

咲月の言葉を一旦は流した浅田だったが、すぐに驚いた表情を見せてこちらに振り向いてきた。

「なんだよ」

「浩介の家でって……一緒に!?」

「そりゃあ俺の家だからな。俺の家で預かるってんなら、一緒に暮らす事になるだろ」

叔父と姪なんだから、下宿先としては当たり前というか普通の事だろうに、何が気になるのか浅田は得も言われぬ表情をしている。

「そうだけど！　そうじゃなくてっ！」

そして叫んだかと思ったら、今度は再び咲月へと向き直った。

「大丈夫なの？　一緒に暮らしててなんか、その、変な事起こったり、起こされたりしてない？」

「え、えっと……あのぉ……」

浅田に気圧されたように、咲月はなんと言ったものかと戸惑った様子を見せているが、まあなんとなく浅田の言いたい事は理解した。理解したが……。

「安心しろ。お前が思ってるような事は起こってねえよ。脳内桃色娘」

こいつは、俺が姪である咲月に性的に手を出したのか、と言いたいわけだ。

だが、そんな事をすぐに思いつくなんて、頭の中に常にそういう考えがないと無理だろう。

「っ！　ち、違うし！　あたしそんな事思ってないもん！」

「佳奈」

「は、晴華？」

焦りながら否定する浅田だが、そんな浅田に安倍が声をかけた。それによって浅田の混乱は落ち着いた。かと思ったのだが……。

「そんな事って、どんな事？」

「えっ⁉　そ、それは……その……」

安倍の一言のせいで浅田は言葉に詰まり、周囲にいた俺達を見回すと顔を赤くし……。

「違うからあっ‼」

そう叫びながら、浅田はどこぞへと走り去っていった。

本来は勝手な単独行動なんて許さないが、まあこの辺から離れる事はないだろうし、あいつの実力ならモンスターに遭遇してもなんとかなるから大丈夫だろう。どうせしばらくしたら戻ってくるだろうしな。

その後しばらくすると浅田は戻ってきて、走り出す前の事には誰も言及せずに採取を続けた。

再び採取を始めれば今度は特に問題なく進み、塊を何本か同じように手に入れて帰る事にした。

だが、このまま持って帰るとどこでどうやって手に入れた、と聞かれるので、砕いて保存容器の中に詰め込んだ。

これだけの塊を砕くなんてちょっと勿体ない気がするが、溶かして固め直せば大きな塊なんていくらでも作れるので気にするほどでもないだろう。

「じゃあ帰るか」

そうしてチョコを大型の保存容器いっぱいに詰め込んだ俺達は火山を出て雪原エリアを抜け、ゲートに帰ってきた。

ゲートを潜った俺は、採取したチョコをいつものように業者に渡してからヤスに電話をかけた。

『――それと、最後にいいか？』

「ん？　ああどうした？　え、ああ。できたのか。ん、分かった。じゃあいつ――明日？　早いな。構わんけど。ああ。じゃあ明日の放課に来るんだな？　ああ。ああ分かった。頼んだ」

だが、いつもとは違ってそのまま話が終わらなかった。

と言っても、面倒事の類いではない。ただの業務連絡みたいなもんだ。

「ドレスが出来たらしいぞ」

以前から頼んでいたドレスが出来たらしい。

頼んでからの日数を考えると早い気がするが、その辺は頑張ってくれたんだろう。

まあ宮野達もヤスと契約する事にしたみたいだし、それも頑張った理由かもしれないな。

「で、明日の授業が終わった後に学校に来るらしい。まだ仮縫いだから合わせるだけらしいけどな」

「……ドレス？　……ウェディングドレス？」

「何馬鹿言ってんだ。この話を聞いた奴らみんな同じ事言うのな。違う。こいつら文化祭でドレスを着るらしいんでな。その仕立ての話だ」

「へえ！　そうなんですね！」

女の子としてはやはりドレスというものが気になるのだろう。咲月は楽しそうな声を発しながら宮野達を見た。

『で、明日だが、大丈夫か？』

『はい。大丈夫です！』

ヤスは都合がつかなかったら後日でいいって言ってたが、宮野達は俺の言葉に喜びの混じった声で返事をしてきた。

「それじゃあ、今日はこれで解散となるが、ありがとな。助かった」

「あの、ありがとうございました！」

「いいっていいって！　浩介の頼みだし、これくらいなら軽いもんよ！」

「そうね。私達としても、誰かを守りながらの行動っていう経験ができたし、ありがたかったものね」

「ん。それなりに楽しかった」

「あの、えっと、これから頑張ってね？」

そうして最後に俺と咲月が礼を言うと、宮野達は誰一人文句も不満も言う事なく言葉を返した。

「はい！　改めて、今日はありがとうございました！」

そうして最後に適当に言葉を交わしてからその場は解散となり、咲月の初めてのダンジョン攻略は無事に終了となった。

◆◇◆◇

　翌日、学校の授業を終えて放課になると俺のスマホに電話がかかってきたので、ヤスの手配した人を正門まで迎えに行った。

　そしてその場にいた女性達との挨拶もそこそこに、あらかじめ借りていた空き教室に向かって宮野達に会わせた。

「この人が今回ドレスをデザインしてくれた人だ。着付け……で良いのか？　まあその辺の事を手伝ってくれる」

俺がそう紹介すると、ドレスをデザインした女性は一歩前に出てお辞儀をすると、自己紹介をしてから再び一歩下がった。

「それから、ヤスの会社と提携してるところから化粧をしてくれる人も来た。今日はお試しだが、本番でも来てくれるらしい」

こちらは聞いていなかったのだが、ドレスを着るのならメイクもしたほうがいいと気を回して手配してくれたようだ。

こちらの女性も先程の女性と同じように自己紹介をしたのだが、なんだか宮野達の様子がおかしい。いや、おかしいってか、なんか緊張してる?

「で、でもそこまでしてもらうのも……」

「お気遣いなく。今を時めく新たな『勇者』。その担当をしたとなれば、うちの店も箔がつきますので」

「そもそもお前ら、ドレスなんて着た事あんのか？　ないなら整えてくれる人がいないとダメだろ?」

どうやら専門のメイク……師？　なんて言うか分からんが、まあメイク担当の人から化粧をしてもらった事はないようで、そのせいで緊張しているようだ。

「と言うわけで、まずは全員着替えて、それから化粧してもらえ。違和感があるようならすぐに言えよ。直してもらうんだからな」

せっかくのドレスだ。違和感や気に入らないところがあったらどんどん文句を言うといい。どうせ費用はヤスが出してくれるんだからな。

「じゃあ俺は適当にぶらついてっから、終わったら連絡よこしてくれ」

そう言うと、俺は着付けとメイクの二人に軽く挨拶をしてから教室を出て行った。

「ただいまっと。合わせは終わったのか？」

「ばっちしオッケー！」

しばらく適当にぶらついてから教室に戻ると、そこにはすでにドレスから元の制服に着替えた宮野達がおり、扉(とびら)の横で壁に寄りかかっていた浅田が調子に乗ったような笑(え)みを浮(う)かべながら頷いた。

「では私どもはこれで失礼させていただきます。また後日学園祭の当日の朝にお伺(うかが)いしますので、よろしくお願いします」

「あ、どうもありがとうございました。はい、当日もよろしくお願いします」

その後は調整の内容や文化祭当日の軽い打ち合わせをし、着付けに来た二人の女性を見送ってその日は解散となった。

三章　最後の素材集め

そして文化祭で使う素材集めもあと一つとなり、今日はその素材の回収にやって来ていた。

文化祭まで残すところ二週間となったが、この調子でいけばかなり余裕をもって材料を揃える事ができるだろうな。

「えー、それじゃあ今回はこの一級のダンジョン、『栄枯の大地』に行くが……えー、質問タイムだ」

前回は咲月がいた事もあって質問タイムはなしだったが、今回はいないのでやる事にした。

「宮野、このダンジョンの由来はなんだ?」

今日の素材の回収はそれほど難しいものでもないが、厄介な場所ではある。

「はい。ダンジョンそのものは荒野と一部砂漠で、植物はおろかモンスターさえ一種類しかいないほど枯れているにもかかわらず、上空からは魔力を多く含んだ飴が降ってくるからです」

正解だ。まあこいつはしっかり勉強してるだろうな。優等生タイプだし。

とはいえ、勉強しているのはこいつだけではなく全員だってのは今までの事から分かっている。誰に聞いたところでちゃんと答える事ができるだろう。

このダンジョンは、宮野の言ったように大地には植物も動物もまともに存在しないほど魔力がないにもかかわらず、空からは鬱陶しいくらいに魔力の籠もった飴が降り注いでいる。

そして地面に落ちた飴は数秒もすれば地面に沈むように消えるが、それが地面に吸収される事はなく、どういう仕組みなのかまた空から降ってくる。それがこのダンジョンだ。

とはいえ、それだけじゃあない。

このダンジョンだって一級に分類されるダンジョンだ。空から飴が降ってくるだけで終わるはずがなかった。

「はい正解。じゃあ次は浅田」

「ふふんっ、なんでも来なさい！」

なんでも答えてやるからどんな質問でもかかってこい！　と言わんばかりのその様子に、ちょっといたずら心がくすぐられた。

「……じゃあ、ここには竜(りゅう)が出るが、どんな竜だ？」

「え？」

なので、間違ってはいないが少し捻(ひね)った、と言うよりも意地悪な質問をしてやる事にした。

「え？　ちょ、待って！　りゅ、竜？　そんなのいたの⁉　えっ⁉」

思っていた質問と違ったからか、浅田は一瞬呆(いっしゅんほう)けた様子を見せると慌(あわ)てだした。

「ほら、答えろー。さーん、にー、いーち」

「え、えっと竜？　りゅう、ドラゴン……」

俺がカウントダウンを始めると、さらに慌てながらもちゃんと考え、色々と口にしているが、多分正解しないだろう。

「はい残念。時間切れだ」

「ちょ、待ってよ！　本当にここ竜なんていた⁉」

「いるいる。嘘(うそ)なんてついてないから調べてみろ」

浅田は答えられなかった事で俺が嘘をついてるんじゃないかって疑ったが、俺は嘘はついていない。ちゃんと『竜』はいる。それは『龍(りゅう)』でも『ドラゴン』でもないけどな。

「……やっぱいないじゃん。どこに竜なんて？」

「佳奈、佳奈。ここ。多分、これの事じゃないの？」

浅田がスマホを取り出しながら画面を操作して調べていくが、見つからなかったのだろう。不満げに俺の方を見ていたのだが、その画面を横から覗き込んでいた宮野が指をさして言った。

「え、これって土竜じゃ――あ」

浅田は最初眉を寄せていたが、途中で気付いたようでまたも間の抜けた表情をした。

言ったろ、俺は嘘ついてないって。『土竜』はちゃんと『竜』だろ？

「いたろ？『竜』」

「揶揄ってた？」

ニヤッと笑ってみせると、安倍が首を傾げながら問いかけてきたが……まあ、その通りだ。

どうせこいつらの事だ、様子を見た限りではモンスターについて調べてたみたいだし、こんなふざけが入ってても平気だろ。

まあ、一応あとでちゃんと説明と確認はするけどな。

「あ、あんたっ……ほんと、マジで……喧嘩売ってんの？」

「んなもん売るわけねえだろ。お前と喧嘩なんてしてみろ。簡単に負けるわ」

俺がこいつと喧嘩なんてしたらパンチ一発どころか、デコピンされただけで後ろに吹っ飛んで頭を打つ。あるいは頭が吹っ飛ぶ。

「い、威張る事でもないような……」

北原が何か言ってるが、気にしない。俺は事実を言ったまでだ。

というか、単純な力勝負だと俺は北原にも負けると思うぞ？

「まああれだ、予習をしたからって調子に乗るなよって事だ。ダンジョンでは何が起こるか分からない。分かった気になって油断すんのが一番あぶねえんだ」

「む、う……それは……ぬぐぅ……」

なんか微妙にずれた言い訳になった気がするが、気づいてないみたいだし構わんか。

あ、でも宮野と安倍はなんだかおかしいと感じているようで首を傾げている。

「それよりほら、分かったんならこんなとこにいないで、こっち来い」

さっきはふざけたが、認識の共有と再確認は必要だ。

こいつらには必要ないかもしれないが、それでも少しでも死ぬ確率を下げるためにできる事はやっておいた方がいいので、しっかりと話しておこう。

まあ、そこに誤魔化す意図がないわけでもないが。

「……あぶねえ、なんとか誤魔化せたな」

「聞こえてんのよ！　誤魔化すって、やっぱ揶揄ってたんじゃん！」

一発脛を蹴られた。痛い。

「いてぇ……」

「自業自得でしょ！」

浅田はそう言うと、プイッとそっぽを向いてしまった。

……まあ、実を言うと、俺としてもこいつにどう接していいか計りかねてんだよな。

こいつの性格は以前の彼女にどことなく似てるから付き合いやすいし、普通に友人知人として接するなら問題ない。好ましいとすら思う。

ただ、それが友人知人では済まないとなると……はぁ。

色々と考えないといけない事があるだけに、どうしてもこうおかしな感じになってしまう。踏み込みすぎるというか、気を許しすぎるというか……距離感を間違えてしまう。

しかしまあ、それに関してはおいおい考えるか。どうせ俺が考えたところですぐに結論は出ないんだ。そんなのは今までの事から分かってる。

だから、ゆっくりと考える事にしよう。

そう考えて俺はため息を吐くと、宮野達と軽く言葉を交わしてからゲートの中へと入っていった。

入った先は、いつものような吹きさらしではなく、しっかりとした建物の中だった。その原因は、今いるこの建物の外にある。

「雨飴って、これの事よね？　飴が降ってくる写真を見たけど、実際に見てみると思った以上にメルヘンのかけらもないわね」

「雹」

宮野と安倍が呟いたように、ゲートの先にあったこの建物の外には、飴が豪雨の如く降っている。

一つ一つ、ぽとぽとって落ちてくるんじゃなくて、なんかこう、マシンガンでも食らってるんじゃないかって思えるくらいドドドド、ガガガガ、って感じだ。

幻想感あふれる光景だしメルヘンって言ゃぁメルヘンだけど、宮野が言ってるのはもっと違う可愛らしい系のアレだろうな。

『幻想的』って意味ならメルヘンでも合ってるけど、こりゃあ同じ『幻想』でもメルヘンてよりはファンタジーだ。

「……あま。確かに飴の雨ね」

浅田は建物の入り口から手を出し、空から降ってくる飴を一つ回収してそれを口に運んで食べられる事を確認した。

「でもこれ、進むの難しそう……」

「どうするの？」

「てか先に進むの？　これでもいいじゃん」

宮野達は建物の外の様子を見て、この雨の中を進みたくないのか嫌そうな顔で不満を漏らした。

浅田なんかはもう目の前にある飴でいいじゃないかなんて言っているが、それじゃあダメなんだよ。

「ここの飴は奥に行くほど味が濃くなるんだよ。それから、魔力の回復効果も上がる」

この辺の雨も確かに飴だろうし甘さはあるが、それでも奥のものを食べれば別物だと分かる。

「回復効果？　あー、そういえばそうだっけ」

「この雨、魔力を多く含んでてな、食べたやつの魔力が回復するんだよ。だから魔力補充薬としても使われる事があるぞ」

「へぇ〜」

「補充薬として使うには、奥の方で採れる魔力を多く含んだやつじゃないと商品にならんから、通常は普通の薬を使うけどな。……まあお前達は商売ってわけでもないし、文化祭で楽しむだけならこれでも構わないか」

そんなわけで俺としては奥に行った方がいいと考えていたんだが、思い出してみればこいつらは学生であって商売でやってるわけじゃない。

こいつらが欲しいのは客寄せのための安売り品だ。入り口付近で採ったものであっても問題はない。

「でも、奥に行った方が、いいモノが採れるんですよね？」

「まあそれはな」

「なら行きましょう？　せっかくここまで来たんだもの」

「ね！　それに、どうせならいいモノ用意したいもんね！」

奥に近づくほど良いものが採れるってのは嘘じゃないので宮野の言葉を肯定すると、宮野が進む事を提案し、浅田がそれに乗っかり、他の二人もそれに同意するように頷いた。

「とりあえず一旦下がるぞ」

行く事になったのだが、それならそれで改めて話をしなければならない。

なので俺達はその場から部屋の隅へと歩き出した。

このまま建物の出入り口付近で屯してたら、他の冒険者の邪魔になるからな。

「で、どうやって進むの？」

そうして一旦ゲートは潜らずに部屋の隅へと下がると、俺達は輪になって話を始めた。

「方法としてはいくつかあるが、その一つが車だな」

「それってそっちの部屋にあるやつですか？」

宮野が建物の出入り口とは違う扉へと視線を向けた。

その扉は建物の外ではなく隣の部屋へ繋がっており、向こう側には宮野の言ったようにこのダンジョン内で使う事のできる車、というか装甲車が置かれている。

「ああ。車体に防御用の結界を張った特殊な車で進むのが、まあ一般的な方法ではあるな」

「でも、その場合は敵が来んでしょ？」

その通りだ。さっきゲートに入る前に浅田に質問したモンスター。そいつが襲ってくる。

「まあそうだな。このダンジョンで車を使うと、ほぼ間違いなくモンスターに襲われる」

ここでは一種類のモンスターしか出てこないが、その一種類が厄介な事この上ない。

地面に伝わる振動を感知して獲物を狙う土竜。それがここ唯一のモンスターだ。

今言った通りここで車を使うと、その音と振動に反応して地中からモンスターが襲ってくる。

しかも普段は地中に潜ったまま動かないのか、探索しようとしても索敵に引っかからない事が多い。

「一応聞くけどさぁ、音と振動って……雨で誤魔化せたりしないの？」

「しないな。どういうわけか、雨のものだと出てこないで、他の音で出てくる。まあその分大きな音や振動じゃないと反応しないから、普通に歩いてるだけだと出てこないけどな」

走っても出てこないが、あまり力を入れすぎると出てくるはずだ。

俺は地中のモンスターに気づかれるほど地面を揺らして走る事はできないから経験した事ないけど。

「ただまあ、一応身の危険を感じると逃げる、あるいは近寄ってこないから、ニーナみたいなのがいれば安全だな。もしくは、襲ってきたのを返り討ちにすればその周辺の奴らは危険だと判断して襲ってこなくなる」

「そこは普通のモンスターや野生動物と同じなんですね」

「まあな。モンスターって言っても、基本的には生き物だからな。危険なものには近寄らないさ」

もっとも、基本的には、であって幽霊系みたいに生き物の範疇から外れた奴らもいるけど、ここでは違うので今はいいだろう。

「つまり、結局は雨飴に打たれながら歩くか、敵を引きつけながら進むかのどっちか、という事なんですよね？」

「そうなるな」

宮野の言葉に頷いて答えるが、この辺の情報は組合の公開している情報サイトにも記されているから、本当に確認の意味でしかない。

と言っても、これ以上は特に面白い情報はない。

このダンジョンって、裏技とか何にもないんだよな。

地面を掘って進もうものなら土竜に感知されて壊されるし、飛行機を使ったらそれはそれで〝飴〟で墜落する。

「というか、だ。車か歩きか、なんて言ってるけど、お前ら、そもそも車の免許持ってねえだろ」

「「「「あ」」」」

俺の言葉を聞いて四人のどこか間の抜けた声が重なった。

ダンジョンとはいえ、使うには免許が必要だ。

一応ダンジョン内で使用する場合はゲートの外に比べて縛りが緩いため、装甲車は普通免許で運転できるようになっているが、免許が必要だって事は変わりない。

「で、でもそれはほら、あんたが運転すれば……あんた、免許持ってる？」

「持ってるな」

今日は使う気ないし、そもそも持ってきてないけど。

「でも、お前らだけで来る事があったら車は使えないって事を覚えとけ」

こいつらももう少し歳が上がれば、車の免許くらい取るだろうけど、今は持ってないわけだし、免許がないとできない事もあるって事を覚えておいてもらえれば、今はそれでいい。

「えっと、あの、それで、なんですけど、今車を用意できないって事は、私達は歩くって事、ですか？」

「ああ」

あの車、高えんだよ。レンタルって言っても、つーかレンタルだからこそ壊したら弁償だし。

こいつらはまだ免許を持ってないわけだし、車を使わないやり方を知っておいた方がいいだろう。取ったら取ったで、またその時に考えればいい。

慣れた奴らだとロードバイクとかエンジン音のしない、あまり地面に振動を与えない自転車を使うが、こいつらは初めてだし歩きの方がいいだろう。

「でもあの雨、それなりに強いですよね。私や佳奈は無視して進めない事もないですけど、柚子や晴華、それから伊上さんもきついんじゃないですか?」

そうだろうな。一般人があれを食らったら、一発ならともかく大量に浴びたら確実に死ぬし、覚醒者でも後衛だと怪我をする。

そして後衛な上に三級である俺は、肉体強度はほとんど一般人と同じようなものなので普通に死ぬ。

同じ後衛でも、一級の安倍と北原だったら『痛い』で済むかもな。

前衛の浅田と宮野は……鬱陶しいって感じる程度か?

「対策としては鉄製の傘をさすか、守りの魔法を使うかのどっちかだな」

「守り……私が、やるんですか?」

傘って言っても普通に雨の時にさすような物ではなく、どっちかってーと大きなパラソルの方が合ってるようなものだ。

だがまあ、それは守りの魔法を使える奴がいない場合であって、俺達には北原っていう回復兼防御役がいる。

本人としては回復の方が得意みたいだが、守りの方もできないわけじゃないし平気だろ。

「そこは相談次第だな。北原じゃなくても、安倍が炎を上空に展開してりゃあ防げるからな。ま、弾き飛ばすにしても溶かすにしても、それなりの火力は必要だけどな」

「あ、そっか」

「あとは、行きと帰りで交代するのか、それとも途中で交代しながら進んでいくのか。まあその辺は二人で話し合え」

とはいえ、流石に奥の方に行こうと思うのなら北原の魔力も集中力も持たないので、安倍にも手伝ってもらって交代して対処する必要がある。

さっき言ったように、安倍も炎を出せば飴を防げない事はないしな。

まあ上手く防ごうと思うなら炎の火力を上げたり、炎の出し方や動かし方を少し工夫する必要はあるけど。

ちなみに俺は結界の役には立たない。十分くらいでいいならできるけど、その後は魔力切れで飴の攻撃を喰らって死ぬ。

そんなわけで、後は二人で話し合って決めてもらえば大丈夫だろ。

そう考えて、今度は宮野と浅田へと視線を向けた。

「それと宮野と浅田だが、今回は敵に遭遇する可能性が低い事から、二人とも回収容器を持ってもらうぞ」

「そっか。歩いてる状態だと敵に遭わないんだから、瑞樹も容器を持ってった方がいっぱい回収できるってわけね」

「……でも、確かに効率だけならそうかもしれないけど、万が一を考えるとどうなのかしら？」

車だと敵が出てくるが、歩きだと出てこないため保存容器を二人で持って行った方が効率がいい。

だが、宮野の言ったように、前衛二人が戦えない状況になると万が一モンスターに遭遇したりイレギュラーが出た時なんかに危険だ。

「ああ。だから今回はすぐに容器を捨てられるように、前回とはちょっと違って細工をしてる。だから、危険だと判断したらすぐに捨てて構わない」

パラシュートみたいに、ボタンひとつですぐに切り離せるようになってるので、いちいち下ろして装備を解除する必要はない。

容器はヤスから借りてるだけだから壊したりなくしたりしたら文句を言われるだろうが、言ってしまえばそれだけだ。

それに、ここの飴を文化祭に使うって言ったって絶対に必要ってわけでもないんだから、命を守れるなら捨ててしまっても構わない。

「……あんた、なんか警戒してる？」

「警戒っつーか、敵に会う可能性もゼロじゃないからな」

「歩いていれば察知されないいんじゃないんですか？」

宮野も浅田もなんで俺が警戒しているのか分かっていないようだが、察知されないってのは自分達だけで行動した場合だ。

「歩いていけばモンスターは反応しないが、俺達以外にもゲートに入ってくんだぞ？」

「……他の冒険者のなすりつけ、ですか？」

「まあ事故の場合もあるけどな」

なすりつけ——トレインという、ゲームの用語からとった言葉であるそれを、以前こいつらに教えた事があった。

今までたまたま実際に遭遇した事はなかったから忘れていたみたいだが、ここでは割と頻繁に起こる。

だって車に乗っているのだ。そのまま逃げてしまった方がいいに決まっている、とそう思うやつもいる。

実際には急いで逃げれば逃げるほど敵が集まるから、止まって倒した方が楽なんだけどな。まあ、倒すだけの力があれば、だが。

もしくは最初からそんなに速度を出さないでゆっくり進むかだ。

だが、車は最初はゆっくりでも、途中からだんだんと速くなっていく。今まで遭わなか

ったんだから後少しくらい大丈夫だろう、と。

ベテランはそんなミスをしないよう安定した速度で進むが、ここで稼ぐようになったばかりの新人は二、三割がミスって死ぬ。

そしてそんなミスった奴らが、自分達の呼んだモンスターから逃げるために走り回り、道中にいた他の冒険者になすりつけていくのだ。

あとは、あえてなすりつけようとする奴らとかもいるな。

「そんなわけだ。このダンジョンは雨飴のせいで視界が悪いし、耳も役に立たない。偶然だろうと故意だろうと、車に乗った奴がモンスターを引き連れて近寄ってきても、いつもみたいには気づけないだろうからそこは注意しろ」

「はい」

「うん」

宮野と浅田がしっかりと頷いた事で俺も頷くと、もう一度視線を安倍と北原の方へと向けた。

「それじゃあこれでこっちの話は終わりだが……そっちは決まったか？」

「魔力の消費との兼ね合い」

「い、一度試してみて、大丈夫そうなら、私が先に結界を張ります」

「余力を残して途中で交代」

「ああ、まあ試してみない事には分からんよな」

そりゃあそうか。実際に試してみないとどれくらいで交代とか、どう対処するとか分からないよな。

そんな二人の言葉を受けて、俺達はどれくらいで雨を防ぐ事ができるのかを確認するために一度建物の外へと出ていった。

「どう？　二人ともいけそう？」

そう問いかけた宮野の視線の先には、頭上に回転する炎(ほのお)の円盤(えんばん)を発生させた安倍と、同じく頭上に薄(うっす)らと光る幕を発生させた北原がいる。

「私は平気」

「私も、結構余裕、かな」

そうして確認を終えるといよいよ出発する事になったんだが、ある意味一番大事と言ってもいい事を伝え忘れてたな。

「じゃあこれから行くわけだが、さっきは言わなかったが注意しておくぞ。攻撃系の魔法を使う時は気をつけろ」

「暴発するから」

よし、しっかりと勉強してるな。

これ、前情報なしに突っ込んでくとそれで痛い目を見るから気をつけないといけないんだよ。

「ああそうだ。空から降ってるのは飴だ。たまに俺が魔法に向かって小石を投げて暴発させるが、接触をトリガーにして炸裂する系の魔法を使うとあれと同じ事が起こる」

魔法は相手に当たったと判断されればそこで効果が消える。炎系のように接触後に爆発するものもあるが、それでもその後の動きが途切れるのは変わらない。

なので、俺は小石を投げたりして暴発を誘う事がある。

「じゃあ魔力反応で接触判定をするのかって言ったら、それも無理だ。飴は魔力を多く含んでるって言ったろ？　それに反応する」

俺はここで出る土竜型のモンスターに遭遇してもダメージを与えられるほどの魔法が使えないから、そもそも魔法を攻撃には使わない。それに、使ったとしても魔法は最初から最後まで手動操作してるから気にしなくても平気だが、安倍は違う。

普段から魔法使いとして魔法を使って戦っているが、敵にダメージを与える事ができる攻撃力があるから使いたくなるだろうし、魔法も一度発動すればそのまま設定通りに動く半自動での発動だ。

しかも、炎系の攻撃の中には着弾後に爆発する系のものが多い。

魔法を放って結界から出た瞬間に飴に当たって爆発、なんて事になりかねない。

「じゃあどーすんのよ」

「接触判定で作動しない魔法……たとえば火炎放射器みたいな使い方をすれば問題ないな。あとは、爆発系を使うなら、あらかじめ『何秒後に爆発』って感じで作動時間を設定しておくか、手動で操作するかのどっちかだな。ともかく、接触判定の魔法は使えない」

「けど……普段より鈍くなる」

魔法に詳しくない浅田が軽く眉を寄せて文句を言うように問いかけてきたが、安倍はそのへんを最初から理解しているようで頷いている。

同時に不満げに呟いているが、それは仕方のない事だろう。

今までの戦い方を変えるようなもの。難しくて当然だ。

「だろうな。加えて、宮野達には言ったが、雨のせいで視界と耳が利きづらい。いつもより警戒しとけよ」

そう説明して四人が頷くのを確認すると、またも宮野の号令を聞いてから出発する事になった。

「……はぁ」

――が、出発して歩き出した、というか走り出した俺達なわけだが、俺は早速と言っていいくらいに早くもため息を吐いていた。

「なんでこんな早くため息吐くのよ」

「いや、まあ提案したのは俺なんだがな？　ここのダンジョン、中心までどれくらいの距離があるのか知ってるか？」

「確か、車で丸々一週間――だいたい五千キロ、でしたっけ？」

「ああそうだ」

時速三十キロで進んで一週間かかってやっとダンジョンの核を見つけたという報告がある。

そんな道のりを俺達は進まなくちゃならないわけだ。

「そ、そんな走んの!?」

距離までは調べていなかったのか浅田は宮野の言葉に驚いているが、実際にはそこまで行かない。

まあそんなには行かないんだが、良いものを採ろうと思うなら少しでも前に進まなくちゃいけないわけで、限界が来るまで走り続けなくちゃいけない事になる。

「無理だろ。そっちの二人の魔力と体力が尽きる。あと俺もな」

　現在の俺達は少しでも早く遠くに行くために、歩くんじゃなくて軽く走っているわけだが、宮野と浅田はずっと続けられたとしても、それ以外の二人、そして俺は別だ。むしろ安倍と北原よりも先に、俺がバテる。

　三日どころか一日だって走り続けるのは無理だし、なんなら半日だって厳しい。

　そしてそれは北原と安倍も同じだろう。俺より保ったとしても、大して変わらないと思う。

「じゃあどうすんのよ」

「どうもこうも、そこまで無理していいものを採りに行く必要はないだろ」

　そもそも今回採りにきた雨飴は、あってもなくてもいいようなものだ。

　少しでも客寄せになればと安く売るつもりでいるが、なければないで構わない。

　ぶっちゃけ品質なんてどうでもいいのだ。それこそ、入り口で採れる物でもいいかもしれないと考えたくらいにはな。

「学園祭に使う程度なら浅いところで採れた物でも十分だし、安く売ったとしてもクレームを避ける理由になる」

「クレーム？」

俺がクレームがあると言った理由について安倍と浅田が首を傾げているが、俺はそのつもりでいる。

「そんなのあんの？」

「考えてみろ。これを頑張って集めて商売にしてる奴らがいるんだぞ。それを期間限定とはいえ安く売ったら、「あそこの方が安かったのに～」なんて店に対してクレームを言う客だって出てくるだろうし、それが原因で俺達に難癖をつける店も出てくるかもしれない。だから俺達は品質が高くない事を理由にして逃げ道を作る必要があるんだよ」

「言われてみれば……」

「そっか、そうね。あたしだって値段が違ったら店がぼったくってると思うもん」

『特別価格』とか『文化祭限定』って言っておけば、まあ仕方ないか、くらいに思ってくれると思う。

普通はそれを理解してなにも言わないもんだが、中には理解できずに値段だけを見てあーだこーだ言う馬鹿ってのもいる。

なのでそんなふうに対策をしても多少の苦情はあると思うが、それくらいならどうとでもなる。

最悪の場合はヒロとか佐伯さんとかに連絡をすれば、解決できるだろう。

「でも、他のものは、いいんですか？」

「ああ。そっちは普通に『学園祭だから』って理由が通る範囲の値段で売るからな。雨飴の場合はあくまでも客寄せのために相場よりだいぶ安く売る……ほとんど赤字覚悟の捨て値のつもりだから、その理由に適当なのが必要なだけだ」

そんな話をしながら俺達は少しでもいいものを集めるために先に進んでいった。

――あー、きょうのゆうはんはなにたべようかなぁ……。

そんな事を考えながら、俺は半分くらい意識を飛ばして走っていた。

かれこれ数時間走っているがその間に休憩はないのでこの状態も仕方ないと思う。

半分意識を飛ばしながら、と言っても完全に警戒していないわけではない。

だが、普段よりは気が緩んでいるのも確かだ。

何せここで警戒するのは一種類のモンスターと、他の冒険者の行動だけ。

それ以外のトラップだとか複数の種類のモンスターへの対応だとかは考えなくていいんだから、どうしても行動が単調になって気が緩みやすい。

イレギュラーの可能性もあるから完全に気は抜かないが、考え事をして走りながら周囲を警戒するなんてのは慣れたもんだから問題ない。

降ってきた雨飴は、地面に落ちると数秒で溶けるように地面に消えていくため、飴が残って歩きづらいという事はない。

しかし、足場は悪くないが、いかんせん距離が距離だ。流石に疲れてきた。

「結構走ったわね」

「四時間」

「うわ、そんなに？　柚子、まだ大丈夫？」

最初のうちは話していた宮野達もしばらくすると黙り込んでしまい、今までただ黙々と走ってきたのだが、そんな静寂……でもないか。周りは相変わらず雨飴が地面に激突する音でうるさいし。

まあみんな口を閉じていた中で、突如宮野が話し始め、他の奴らもそれに乗って口を開いた。

突然の言葉だったのにすぐに返事をしたのは、つまらなかったからだろうな。

「うん。魔力の方は、まだ半分以上残ってるよ。そんなに衝撃が強いわけじゃないし」

「でも魔法を使いっぱなしってのは疲れるんじゃないの？」

「それは、うん。少しだけ疲れた、かな」

「まあ結構走ったし体力的にも疲れが出る頃だろ。つか俺も疲れてきた」

　ゆるくとはいえ、四時間走りっぱなしだ。流石に後衛達は疲れるだろう。

　加えて、俺はもうそろそろ四十になる。体力的にも落ちてきてるので、まだ走れるには走れるが結構つらい。

『だっらしないわねぇー。ゆっくり走ってるだけなんだからもうちょっと頑張んなさいよ。あたしはまだまだ平気なのに」

「おう、お前と比べんのやめろ脳筋娘」

「誰が脳筋だってのよ」

　お前だよ。覚醒者としての能力値を筋力に全振りしてるやつを脳筋と言わずになんと言えってんだよ。

　一級の脳筋と三級の魔法使いを体力で比べんな。あと、俺の歳考えろ。

「柚子、交代する？」

　そんな俺達の話を聞きながら、安倍が結界を張っている北原に声をかけた。

「……っ！　待って」

　だが、その瞬間先頭を進んでいた宮野が手で俺達を制した。

突然の事ではあったが、俺達はすぐに足を止めて周囲の確認へと移る。

だが、いかんせん飴が降るせいで耳も目も使い物にならない。

そんな中で、特級としての身体能力を持っている宮野は何かに気がついたようである方向を見つめていた。

「前方右、こっちに何か来てる。多分車ね」

車。それはつまり誰か冒険者がこっちに来ているって事なんだが、その程度でこの豪雨の中、果たして気づくだろうか？

おそらく、予想が正しければその後ろにこの場所唯一のモンスターがいるんじゃないか？

まあそれはあくまでも予想でしかないのだが、今確実に言えるのはこっちに車が向かって来てるって事だ。それも、俺達が気づく事ができる程の速度で。

「やっぱ遭遇したか」

「どうしますか？」

「進路をずらす。走って移動するぞ」

なすりつけかもしれないが、偶然こっちに来てしまっているだけかもしれない。とりあえず進路をずらしてこっちに来るらしい車とかち合わないようにする。

「こっちに来てます」

　だが、さっきまでの進路から少しずれた場所へと移動したにもかかわらず、車は俺達の方へと向かっているらしい。……こりゃあ確実だな。

「なすりつけか……下がるぞ」

「下がるって言っても、どうすんの！　追ってくるんでしょ⁉」

「少し戻ったところに岩場がある。そこにいけば入ってこられないだろ」

　周囲の景色は降ってくる飴のせいで見えないが、それでもまるっきり見えないわけじゃない。

　ここにくる途中で、戦闘があったのか地面が抉れたり、それなりに大きな岩が転がっている場所があった。

　その場所を通って逃げれば、車を撒く事はできるだろう。

　そう考えて俺達はそれまでのゆるい走りではなく真面目に速く走って岩場へと向かい、それを通り過ぎていった。

「ここまで来れば平気だ」

　先ほどまで俺達のいた場所から岩場を挟んだ対角線上の場所に着くと、それ以上は追ってこられないだろう、と俺達は速度を落として振り返った。

「あっ！」

するると、俺が振り返った瞬間、宮野が何かに驚いたような声を出した。

「どうした？」

「く、車が横転しました！」

……そうか。まあそうだろうな。そうなると思ってたよ。

だって、そのためにここまで逃げたんだから。

「助けに――」

「無理だ」

直後、地下から地面ごと飲み込むように大口を開けたモンスターが飛び出してきた。

「車を使うとああいう奴らを引き寄せる。そして倒さず無理に逃げようとすると、ああなる。お前らは〝ああ〟なるなよ」

車で移動する際、敵に遭遇したらその場で倒すのがマナーだ。じゃないと逃げた先で何人も巻き込んで殺す事になるからな。

あいつらだって車を借りた以上はそれを理解しているはずだ。なんたって最初に説明されるんだから。

モンスターが倒せないなら仕方がないと思わなくもない。

だが、ここはゲートから四時間で来られる場所。仮に倒せなくて逃げるんだったら、もっと入り口に近いところで逃げ帰ってるはず。

だと言うのにここで逃げてるって事は、目的の品を手に入れて帰る途中って事だ。

途中で調子に乗って速度を出しすぎてモンスターに気づかれたって可能性もないわけではないが、その後の行動で違うと分かった。

おそらくはあれは〝ベテフン〟だったのだろう。それも、正道ではなく、邪道、外道といった類いの輩。俺達を発見した早さもそうだが、その後の行動に迷いがなさすぎた。多分、もう何人も犠牲になったんじゃないだろうか？

だが、そいつらは死んだ。

無理に俺達を追って岩場に入ろうとし、横転して、あとはご覧の通りだ。

仮に意図的になすりつけようとしたんじゃなくて、協力を求めようとしたんだとしても、それはマナー違反だ。他の冒険者まで危険に晒す行為だからな。

だからこれは、倒せない敵のいるダンジョンに挑んだ上での自業自得。もしくは、他者を犠牲にしようとした、犠牲にしてきた因果応報。

俺だって死なないで欲しいとは思うし助けられる状況なら助けるが、それでも俺が死なないで欲しいと思う今の最優先はこいつらだし、あえて危険に晒すつもりはない。俺は、今度こそ守ってみせるって誓ったんだから。

それに、さっきの奴らだって死ぬ可能性を理解してこのダンジョンに入ってきてるはずだ。

冒険者としてのノルマ――〝お勤め〟をこなすだけならこんなところに来る必要はないからな。

金を稼ぎにきて無茶をして死んだ。たったそれだけのよくある……本当によくある事の一つにすぎない。

だがそれでも、宮野達は暗い雰囲気になってしまっている。

まあ、なんだかんだ言っても今までこいつらは人が目の前で死ぬところを見た事なんてなかったからな。

特級モンスターに遭遇した時もそうだし、少し前の襲撃の時だって学校全体としてみればそれなりの数が死んだが、それでもこいつらの前では誰も死んでない。

だから、今のは初めて遭遇した人の死だった。

俺みたいに割り切る事はできないんだろう。

「……少し休むか？」

「休むって言っても、こんな場所だとろくに休めないでしょ」

「安心しろ。この容器には結界の機能がついてる」

そう言いながら、俺は浅田の背負っていた保存容器を弄って結界を作動させる。

そんなに長い時間ではないが、三十分くらいなら保つはずだ。

「魔力に余裕はあるみたいだが、体力的にこの辺が限界か」

俺が結界を作動させてその事を伝えると、それまで結界役だった北原が大きく息を吐き出してその場に座り込んだ。

それを見て他の三人も腰を下ろしたのだが、その様子を見る限りここで引き返した方がいいかもしれない。

「今回はこの辺で終わりにしておくか？」

「……時間的にもちょうどいいんじゃないですか？　これから帰るにしてもここに来るまでと同じだけの時間がかかるわけですし」

遠目とはいえ人の死を見たばかりだからか少しだけ沈んだ声で返事をした宮野だが、すぐに頭を切り替えたのか受け答え自体はしっかりしている。

「お前らはどうだ？」

「んー、そーねぇ……いいんじゃない？」

「賛成」

「私も賛成、です」

「んじゃあ宮野、浅田、それの蓋を外して結界の外に置いとけ。片方ずつやれば結界を切らさずに回収できるだろ」

俺の言葉に従って、先に浅田の持っている方から結界の外に出して雨飴の回収を始めた。

「なんか、色とか形の選別とかはしなくていいの？」

「してもいいが……したいか？　これを？」

色ごとに味の違いなんてない。これはただの砂糖の味だ。

色や形の違いはあるけど、選別する意味なんてないだろ。むしろいろんな色があった方がいいと思う。

他には込められている魔力の違いなんてのがあるけど、それだって一般向けに売るんだから気にする事でもない。

というか、こんな何千個、何万個とある中から選別なんてめんどくさすぎてやる気が起こらない。やるんだったら絶対に俺抜きでやらせる。

「……やっぱしなくてもいいかな？」

「だろうな」

大型の業務用保存容器の中に溜まっていく飴を眺めながら、嫌そうな顔をして浅田は首を振った。

　そしてその保存容器がいっぱいになると、今度はその容器の結界を発動し、もう一つの保存容器を結界の外に出して雨飴の回収を始めた。

「じゃあ帰るが、後半は安倍が傘役をやるんだよな？」

「そう。任せて」

「ああ、頼む」

　そして回収を終えて少し休むと全員立ち上がって、宮野と浅田の二人は保存容器を背負い直した。

「それじゃあ、みんな。あと半分だから頑張りましょ！」

「また走るのかー。このダンジョン、多分この時間が一番の敵なんじゃないの？」

　俺もそう思うよ。まじで移動時間がだるいよな。まあ敵が出る危険地帯とどっちがマシなんだって言ったら、どっちだろうな？

　安全かどうかで言えばこっちの方が安全ではあるんだけど、マシってなると……微妙なところだな。

「――あれ？」

　だが、立ち上がっていざ帰ろうと警戒と確認のために全員で周囲を見回したのだが、そこで宮野が声をあげた。

「瑞樹？　どーしたの？」

「また車？」

浅田と安倍が問いかけるが、宮野は首を横に振った。

「違うの。車じゃなくて……見間違い？」

「……何がだ？」

車が来ただけならいいんだが、なんだか違う感じの宮野の様子に嫌な予感がし、俺は思わず声を硬くして問いかけた。

「あ、えっと、あっちの方向になんだか蛸みたいな形をしたのが浮いてたような気がしたんです」

「タコ？　空にあげる正月の凧じゃなくて、海の蛸か？」

「はい。その蛸です。でも多分、見間違――」

「全員警戒しろ」

宮野の言葉を聞いた瞬間に、俺はわずかに姿勢を低くして全員に警戒を促した。

……まさか、またなのか？　またイレギュラー？　だとしたら多すぎんだろ、くそっ！

「……どうするんですか？」

「なんもないんだけど？」

だがそんな俺の内心とは違って、宮野達は俺の言葉に反応して同じように警戒態勢をとったが、少ししても何も起こらないので気が緩み始めた様子だ。

いや、宮野は少し警戒してるか？　だが普段よりも集中できてない感じがするし、なんだか違和感があるように見える。

「……蛸なんてのはこのダンジョンにはいない。言ったろ、このダンジョンは一種類のモンスターしかいないって。それはお前達も調べたはずだ」

いくら待ってもなんの変化もない事で警戒が緩むのは理解できるが、ダンジョンではその気の緩みは敵だ。こいつらが一人前としてやっていくなら、その点をどうにかする必要があるんだが……まあ、その事についてはここから戻ったら改めて鍛えてやれば良いだろう。

それよりも、今はこの状況をどうにかする方が先だ。

「空に何か打ち上げるなんて話は聞いてないし、そんな事をする冒険者もいない」

「でも見間違いの可能性の方が高いんじゃない？　だってこの雨だし」

……？　なんだ？　なにか違和感がある。

俺がこんなに警戒してんのに、浅田はそれでも反論する奴だったか？

反論自体は構わない。俺だって俺の意見が絶対だなんて思ってないからな。

だが、普段から俺に絡んでくるとはいえ、この状況で警戒を緩めるようなやつか？　抜けているところもあるが、こういう重要なところではしっかりしているはずじゃなかったか？

「……見間違いならそれはそれで構わない。だが、もし本当に空飛ぶ蛸なんてもんがいたなら？」

「――イレギュラー」

そこまで言うとこいつらも俺が警戒しているものについて改めて理解できたようで、安倍の言葉をきっかけに先ほどまでの緩みが消え、周囲を警戒している。

「の、可能性がある。だから浅田と宮野はすぐにそれを捨てて攻撃に移れるようにしろ。それから、悪いが北原はこの後も傘役を継続してくれ。安倍は接触での暴発に注意しながら攻撃できるようにしておけ」

「「「「はい」」」」

そうして警戒心を取り戻させたはずなんだが、なんとも言えない不安というか落ち着きのなさが俺の胸の中で渦巻いてる。

こりゃあ気を引き締めないとまずいか？

……いや、宮野達がいるんだし、生き残るだけならなんとかなるだろう。

「で、問題はこの後どうするかだ」

「逃げるんじゃないんですか？」

「でも見に行かないとじゃない？　もし異変なら組合に伝えないとっしょ」

俺としては宮野の言ったように逃げたいと思わないでもないし、そう教えてきたんだが今回は、そうもいかない事情ってもんがある。

「ああ。問題があった場合にどうするかってのは状況によりけりだが、今の状況なら俺としては一旦見にいくつもりだ。倒せそうなら倒すし、倒せなさそうならその瞬間に逃げる」

「え？　……どうしてですか？　こういう時は逃げるべきだって……」

「ああ。俺としてもそう言いたいが、そうもいかない」

宮野が俺の返答に一瞬間の抜けた顔を晒したが、そのあとはどこか困惑したような表情になった。

確かにいつもの俺だったら逃げるだろう。こいつらの命がかかってるからな。

だが、今回は逃げる事ができない。

いや、できないってわけでもないんだけど、逃げない方が後々得になるっつーか、まあ今の状況としては逃げたくはない、と思う。

……思うってなんだ？　自分の事ながら、なんかはっきりしないな。

「さっきも言ったが、イレギュラーが現れたってんならそれを組合に報告する必要があるが、その際に詳細を伝えないと『勇者のくせに』なんて言われる事もあるし、その後の組合からの評価や対応に関わる。倒す倒さないは別にしても、最低限敵の姿くらい確認しておかないと、今後やりづらくなるぞ」

「むー、それは嫌かも。それって面倒事が増えるって事でしょ？　ただでさえ鬱陶しいのが出てくる時があるってのに」

「ん、同意。面倒なのはないに限る」

「ま、まあ見て帰るくらいなら、大丈夫じゃ、ないかな？」

浅田、北原、安倍の三人は俺の考えを理解してくれたようで、しっかりと頷いている。

「……そう、ですね。見にいくべき、ですよね？」

そう言いながらも、宮野はどこか違和感があるようで首を傾げている。

だがその理由は分からなくもない。

多分イレギュラーが現れたって事で警戒してるんだろう。初めて会ったのが特級のイレギュラーだったし。

まあ、普通は相手が特級だとかは関係なしにイレギュラーの遭遇なんて基本的にないんだから、遭遇したと分かった時点で警戒するのは間違っていない。俺だってそう教えたし。

だがそれでも、なんとなく今回は平気なんじゃないかって思えてしまう。

それは宮野達が俺の予想以上に成長してたからってのもあるだろうけど、なんというか、今回の敵からは『圧』を感じないんだよな。

……あれ？　さっき俺はもっと警戒するべきだって思ってなかったか？　なんでそんな事を思ってたんだ？

確かに警戒はするべきだが、それでも特級クラスの圧を感じない現状ではさほど危険ではないと思うんだが……なんだこの違和感。

「まあイレギュラーって言っても特級しかいないってわけじゃないし、なんつーか、今の時点で特級ほどの威圧感はないんだよな。特級が現れたなら、その瞬間に嫌な感じがするもんだが、それがないんだよ」

「じゃあ敵は一級？」

「もしくは二級。……まあこっちはないと思うから多分一級じゃないかって思ってる」

イレギュラーとして発生する時点でそれなりに力を持っている存在という事になるので、二級という可能性は低い。

だから敵は一級。だがその中でもそんなに力のない類いじゃないかと思ってる。

まあ、そんな特級未満のモンスターでも二級以下が前情報なしに遭遇したら死ぬだろうし、一級でも死ぬかどうかは半々ってところだろうから危険な事には変わりないけど。

「ただ……」

「ただ？」

「心配事もある」

威圧感はないが、だからといって何も感じないわけでもない。

それに、頭の片隅では、本当に様子を見に行くべきなのか、行ってもいいのかって思いが消えない。

大丈夫なはずなのに、大丈夫じゃないという思いが植え付けられているような、そんな不快感と違和感を覚える。

「ここは土竜が出てくるが、ダンジョンとそこに住むモンスターの関係ってのはかなり深い。モンスターがいるからこそそれにとって最適な環境のダンジョンができるのか、それともダンジョンがあるからそこに適応したモンスターが出るのか。どっちか分からないが、それでもダンジョンとモンスターの間にはそういう『関係』がある」

卵が先か鶏が先か、みたいな話だが、どちらにしてもダンジョンとモンスター、ついでに素材の能力とも関係がある。関係というか共通点か？

「イレギュラーが現れたとしても、その関係から大きく外れたものではない。例えば、陸地に魚とかは絶対にない」

　まあ、今までの記録にはないってだけだから、今後も絶対にないとは言い切れないんだが、そういった本当のイレギュラーは頭の隅には置いておいても、状況をまとめる段階で考える必要はないだろう。

「だが、今回は土の中に潜る土竜と、空を飛ぶ蛸が出てきた。まあ蛸の方は見間違いで別のものかもしれないが、なんにしても、地下と空。その二つには繋がりが見えてこない」

　元々いるモンスターの性質を考えれば、イレギュラーが現れるとしても地中で発生、生息する系のモンスターである可能性が高い。

　だが、実際にはそうではない。

「土竜は降ってくる飴を嫌って土の中にいる。じゃあ蛸の方はなんで空を飛んでる？　これが雲の上を飛んでるとかなら分かるが、違うんだろ？」

　ここのモンスターが地中に潜ってるのは、空から降ってくる雨飴を嫌っての事だ。いかにモンスターといえど、空から降り続ける小石を受け続けたくはないんだろう。

　だから食らわないように最適化し、地中に潜るモンスターとなった。

　そんな環境の中でイレギュラーが発生するのなら同じように降ってくる雨飴を嫌うよう

に移動する類いになると思うんだが、宮野からの情報ではその蛸は降ってくる雨飴の中を飛んでいるらしい。

「見た感じでは雨の中にいました」

「だよな。そうなると、本当に訳が分からなくなる」

可能性としては、雨飴の攻撃程度では効果がないような硬さか、もしくは幽霊のように物理無効という可能性もある。

だが、雨飴の攻撃が意味ないほどの硬さなら空を飛んでいないはずだし、幽霊のような非実体系のモンスターは空から降る雨飴に魔力を使っているために空間の魔力自体は少ないから生存できないはずだ。

「なんにしても、見に行くしかないんですよね？」

「……まあそうなんだがな」

なので訳が分からなくなっていたのだが、宮野の言葉通り見にいくしかないのは間違いない。

どことなくおかしいと感じているが、それでも行かないわけにはいかないのだ。

「全員装備の確認をしろ。それが終わったらすぐに行くぞ」

俺がそう言うと、浅田が降ろしていた保存容器を示して話しかけてきた。

「ねえ、これはどーすんの？」

「……一応持ってけ。すぐに終わる可能性もあるし、結界が役に立つかもしれない。だが、必要ないと思ったらすぐに捨てられるようにしておけ」

問いかけてきた浅田もそれ以外の三人も、俺の言葉に頷くと各自確認を始め、俺も自身の装備がしっかりと使えるか軽く発動させたりして確認した。

「……？」

なんだ？　急に嫌な感じが強くなった？

本当にこれでいいのか？　そんな思いがしてならない。

何かを見落としている？

だが、基本的な考えに間違いはないはずだ。

違和感の正体は分からないが、それでも先ほど考えていたよりは警戒を強めるべきだろうな。

それほど強さを感じないとは言っても、相手はイレギュラー。

元より警戒しないわけにはいかないし、どこかおかしいと思ったのは事実だ。

「……なんにしても、気をつけていくしかないな」

戦いになったとしても派手に戦闘して地中の土竜モンスター達を呼び起こすわけにはい

かないし、慎重に行動しないとな。

そうして俺達は装備の確認を終えると、イレギュラーの調査のために進んでいった。

「あれね」

「……蛸？」

「あれ、蛸っていうか……」

「クラゲ？」

「み、見間違いかもって言ったでしょ……」

たどり着いた先では宮野の見間違いではなかったようでモンスターが空に浮いていた。

だが、それは蛸というよりもクラゲというべき姿をしている。

濃い赤紫色をした体を持ち、何本もの触手をゆらゆらと漂わせているクラゲ。それがイレギュラーの姿だった。

大きさとしては五十センチといったところか？

蛸とクラゲ、おおよその特徴としては似ているし、この雨の中という状況でシルエットだけ見たのなら間違えても仕方ないだろう。

　だが、仲間達からの言葉を受けて宮野は恥ずかしそうにしている。

　モンスター自体はいたわけだしどっちでもいいと思うが、宮野としては恥ずかしかったようだ。

　まあ敵がいた以上はどっちであってもやる事は変わらない。敵の観察だ。

　敵はこっちに気づいていないのか、気づいているが好戦的な性質ではないのか、俺達を襲ってくる事はない。

　なので、警戒しながらではあるがじっくりとその浮かんでいるクラゲ型モンスターを観察していく。

「やっぱどう考えてもおかしいよな……」

「おかしいって……例の関係ですか？」

「ああ。このダンジョンに元々いた土竜とあの空飛ぶ蛸――改めクラゲとの繋がりが見えてこない」

　とりあえず三分ほど様子を見ていたのだが、クラゲは空に浮かんでいるだけで何も行動を起こさない。

　なんなら雨飴の攻撃で少しずつダメージを負っているようなので、何もしなくてもそのうち死ぬかもしれない。

「とりあえずもう少し近寄って――え？」

もう少し近寄って反応を確認するか、と考えたところで、クラゲが行動を開始した。

クラゲは自身の触手を動かして空から降ってきた飴の内一つを取ると、それを笠の内、おそらくは口へと運んでいった。そして……

「分裂した？」

空から降ってきた飴をいくつか食べたクラゲは、プルプルと震えながらボコボコと歪に体を歪ませると、その歪んでできた出っ張りの部分を切り離した。

そして、その切り離された部分は本体と呼ぶべきものと同じように触手を出した。

新たに生まれた方は触手の数が本体よりも少ないが、多分それはこれから増えるのだろう。

うろ覚えだが、確かクラゲは周囲に種みたいなものをばら撒いてそこから何度か段階を踏んで成長するはずだ。

だが、今見た感じの性質としてはスライムに近い気がする。飴を食っていたのは魔力を補充してたんだろう。

スライムは魔力で形成している半物質体と呼べる体をしており、今クラゲがやっていたように魔力を吸収して分裂と再生をくりかえ――

「――っ！　待て待て。いや、まさか？」

そこまで考えると嫌な予感が頭をよぎった。

「伊上さん？　どうしたんですか？」

宮野が小さく声をかけてきたが、今の俺はそれに答える余裕がないほどにこれからどうするか、という疑問が頭の大半を占めていた。

どうする？　何をすればいい？　どう行動するのが最善だ？

「攻撃を仕掛ける。何かあったらすぐに対処しろ」

そんな事だけを考えて、決めるには情報が必要だと判断すると、俺は宮野達に声をかけてその返事を聞く事なくクラゲに向かって魔法を放ち、攻撃した。

それは本当に軽い攻撃で、威力は百キロの野球ボールを喰らったくらいだ。魔法使いの使う攻撃魔法としてはかなり威力が低い。

だが、そんな俺の攻撃でも体を削る事ができるくらいにクラゲの体は脆かった。

俺の放った水の魔法は、クラゲにぶつかるとクラゲの体の一部を削り取って消滅した。

スライムの中には喰らった魔法の魔力を吸い取って無効にするタイプもいるが、こいつはそうではないようだ。

った。

だがしかし、魔法によって歪に削られた体の一部はすぐに再生し、元通りになってしまった。

……再生と分裂は条件が違うのか？

先ほどクラゲが分裂した際には周囲にある魔力の塊である飴を食べ始めたが、今回再生する時にはそんな行動は取らなかった。

つまり、再生はオートで発動し、分裂は任意で発動するという事なのだろう。

だが、それが分かったのは収穫と言えるが、オートで再生するのであれば生半可な攻撃じゃあ倒せない。

そうなると問題はどこまでやれば倒せるのか、だな。

流石に体の八割くらいを消せば死ぬと思うが……モンスターだしなぁ。

正直、モンスターってのは摩訶不思議な生態をしている奴らだから、やってみるまで分からない。

「……安倍。アレを一撃で殺せるか？」

「一撃で？」

「そうだ。全身を炭にしてもいいし、そもそも炭すら残らなくてもいい。余力を残しつつも確実に殺してくれ。ただし一体だけ、そして地下の土竜を起こさないようにだ」

安倍は俺の言葉に頷くと、速やかに行動に移り、球状に圧縮したような超高温の炎を放ち、焼き尽くした。

再生は……しないな。

「流石に再生はしないな」

よかった。こんな灰になっても復活するようなら、どうしようもない。

あと知りたい事と言ったら、どの程度までやれば死ぬか、だな。

「もう一つ頼みがあるんだが……アレの体を少しずつ焼いてくれ」

「少しずつ？」

「ああ。アレは再生する。どこまでやれば死ぬのか確認したい。できるか？」

「……ん。了解」

普段の接触型でのセミオート発動ではなく、完全マニュアル操作という慣れない状況ではあるが、そんな中でも安倍は俺の頼んだ通りにクラゲの体を燃やしていき、その体の半分以上――触手を除いておよそ七割程度を焼失させた。

「ここまでやれば死ぬか」

体の七割程度を失ったクラゲは、グラリと力なく揺れると、空から落ちてベチャッと地面に激突した。どうやら死んだようだ。

だが、ここまでやれば死ぬと言ったが、それは逆にここまでしないと死なないという事だ。

体の七割を消さないと死なない分裂するクラゲ。

それは再生と分裂をするだけで攻撃力はなく、敵意も害意もないのかもしれない。俺が脅威だと感じなかったのも納得だ。

だが、思わず舌打ちをしてしまうほど厄介な敵だ。

「……全員警戒しろ。浅田と宮野はそれを置いていけ。少し前に進むぞ」

俺はこいつを放ってはおけないと判断すると宮野と浅田に背負っている保存容器を捨てるように指示を出した。

だが浅田は、イレギュラーとはいえあっさりと倒す事ができたのを見たからか、俺の様子を不思議そうに見ている。

だが、宮野はどこか普段とは違って眉を寄せているものの、俺と同じように警戒を強めていた。

「どうしたってーの？　そんな緊張した感じで。これを置いてまでって——」

「さっきの分裂を見たろ」

状況が理解できないでいる浅田の言葉に若干苛立ちながらも、その言葉を遮って話し始める。

「見たけど……」

「俺達がここに来るまで三十分はかかった。最低でもそれだけの時間あのモンスターはここにいた事になるが……ほんの数分で分裂するような奴が、三十分もの間放置されていたとしたら、どうなる?」

「どうって、まさか……っ!」

俺達が観察していたのは三分程度だが、その間にあのクラゲは分裂した。

もし三分に一度分裂行動を取るのなら、三十分の間に十回分裂した事になる。

そして俺達がこの事を組合に知らせに帰ったとして、戻ってくるのに四時間。急げばもっと早く帰れるだろうけど、それでも帰って報告して急いで討伐に来るのに数時間はかかる。

その間にこいつらは何度分裂する?　どれくらい増える?

最悪の場合、俺達が報告に行っている間にゲートから溢れる可能性だってある。

もしそんな事になってみろ。ゲートの外で一匹でも生き残ったら、そこからまた鼠算式に増えていく。

そうなったらもうこいつらの根絶なんてできず、人類の危機といってもいいくらいの状況になる。

もちろんそれはあくまでも最悪の可能性であって、妄想が多分に入っている事は否定しない。

実際にはこいつらがゲートの外に出たところで、そうすぐにクラゲだらけになるって事はないいんじゃないかと思ってる。

何せこいつらは魔力を吸って分裂する。三分で分裂するってのだって、ここには雨飴っていう魔力の回復手段があるからだ。

だが、先ほどあいつらは雨飴――魔力の籠もった物質を食って魔力を回復したが、もしそれが非生物に限らず魔力の籠もった生き物――人間からも魔力の補充をできるとしたら、どうなる？

今は俺達を攻撃していないからそんな事ができるのか分からないが、できないと考えるのは楽観が過ぎるだろう。

さっき想像した『最悪』が、実現しかねない。

「行くぞ。警戒しろ」

なんだって俺の周りにばっかりこんな面倒な事が起こるんだろうなあ！

◆◇◆◇

「――やっぱこうなってたか」

他のクラゲを探して進んでいったところで、徐々に目に入るクラゲの数が多くなってきた。

そして遂に、と言うべきか、視界を埋め尽くすほどのクラゲが宙に浮いているところまでやってきた。

「ってか、数が多すぎない？」

「百とか二百じゃ、ない感じがする……」

「千……万……百万？」

「いや、流石に万はいないでしょ……いないでしょ？」

「どう、かしらね。向こうにも同じような光景が広がってると考えると、百万どころかさらに桁一つ増やしてもいいかもって、思っちゃうけど……」

見渡す限りのクラゲ。ここが中心ならば、その数は万を超えないだろう。

だが、ここが中心ではなく、まだ全体の一部しか見えていないんだとしたら、クラゲの数は万どころか十万、百万、ともすれば億すらも超える事になるかもしれない。

おそらくその考えは正しい。ここはまだ、クラゲ達にとっては全体の一部なんだろう。そして、これからもその数は増えていく。

「状況は把握した。一度離れるぞ」

こいつらをどうにかするってのは変わらないが、それでもあの数を相手にこのまま突っこんでいくのはまずいと判断し、一旦話し合いをするために下がるよう宮野達に言った。

だが、そう告げて俺達が後退を始めた瞬間、何もせずに空を漂っていただけのクラゲ達は一斉に俺達に向かって触手を伸ばし始めた。

「っ⁉」

その触手は俺達に当たる前に、北原の張っていた結界に弾かれたが、それでもお構いなしに伸ばし、弾かれ続けている。

なぜ突然、と観察してみると、その触手はよく見ると先ほどまでとは形状を変えており、先端が針のようになっていた。それも、刺した獲物を逃さないための返しつきだ。

先ほどまでは全くと言っていいほど攻撃性を見せなかったのに、俺達が帰ろうとした瞬間にこの猛攻。

理由があるとしたら、俺達がこいつらから離れようとしたからか？

「何こいつら！　いきなり攻撃してきたんだけど⁉」

どうしてこいつらが動き出したのかを考えていたが、そんな悲鳴まじりの浅田の声を聞いて、今は考えている場合ではなくこの場から脱出する方が先だと判断して思考を切り替える。

「チィッ！　浅田は北原を担いで宮野は安倍を担げ、走るぞ！　それから北原は結界を強化、安倍と宮野は前の奴らを減らせ！」

「「「はい！」」」

北原が張っていた結界の上に、更に魔法具を発動させて結界を重ねる。これでしばらくは持つだろう。魔法使い系の北原と安倍は全力で逃げるとなると問題があるので、宮野と浅田に抱えてもらう。

正直なところ俺が一番能力が低いので俺も抱えて走ってもらいたいが、万が一に備えていつでも動けるようにしないといけないし、流石に女の子に抱き抱えられながら逃げるなんて事になるわけにもいかない。主に俺のプライド的な問題だけど。

「走っても追いかけてくんだけど⁉」

「それでもとりあえず走るしかねえ！」

「一掃するのは無理なわけ⁉」

「全滅させないと追ってくるんだぞ。一撃で殺させないと増えるような奴相手に全滅なんて狙えるか！　いいから逃げるぞ！」

安倍が広範囲攻撃をすればひとまず周りについてくる奴らは消せるだろうが、それでも遠くに見える奴らは消せないだろう。

焼け石に水。ぶっちゃけ無駄だ。だったら逃げ切ったほうがいいと思う。

「伊上さん、やっぱり無理ですよこれ！　ずっと追ってきてるし、さっきよりも増えてます！」

「くそっ！」

だが、クラゲの動きは思った以上に速く、なかなか引き離せない。

その上、もとの進路上――俺達が通ってきた場所にいたクラゲ達の数が異様に増えている。

おそらくは俺達の逃走を察した瞬間に何らかの指示があって分裂して数を増やしたんだと思う。ここには餌が掃いて捨てるほどあるからな。

「容器を下ろしたところで止まれ！　あの結界なら多少なりとも役に立つ！」

このまま走っていても埒が明かないと判断した俺は、逃走を諦めて迎撃に移る事を選んだ。

元々倒すつもりだったんだ。それが少し早まっただけだ。準備万全ではないがイレギュラー相手に完璧に準備を整えた状態で挑めるわけがない。

仲間と逸れておらず五体満足で、しかも道具の類いもほとんど消費なしで戦う事になったんだから、俺達の状態としては上出来だ。

そして俺達はそのまま数十秒ほど走り、背負っていた保存容器を下ろしたところへと戻ってきて、停止した。

「北原は結界の維持、宮野と安倍は分裂しないように確実に数を減らせ。ただし、音と振動は極力立てないようにしつつ余力は残せ」

保存容器の結界を起動しながら指示を出したが、難しい事を言ってるのは分かってる。

こいつらを一撃で殺せる威力があって、なおかつ広範囲の攻撃ってのはどうしても大きな音が出る。

だが、大規模攻撃で音を立てれば土竜どもが襲ってくるので、静かにやらないといけない。

「ね、ねえ。あたしは？　あたしは何すればいいの！　敵に突っ込んで倒す!?」

「馬鹿かお前。んな事絶対にするなよ。今の状況でお前にできる事はない。休んどけ」

俺の指示に反応してすぐに動き出した宮野と安倍、それから結界を張り続けている北原を見て、何も指示されなかった浅田は、焦りからかこのクラゲの群れの中に突っ込んでいってるからな。

確かにそうなる可能性だってある。このまま迎撃してるだけじゃジリ貧(ひん)だってのは分かくなんて事を提案してきた。

だが、それをやるとしても今じゃない。

今この状況で魔法の使えないやつにやる事はない。

戦士系は強力な個を相手にするなら頼(たよ)りになるが、無数の群を相手にするには向かない。

ビルを振(ふ)り回す事ができるくらいの力があるのなら役に立つが、ここにはビルなんてないし、こいつにもそんな力はない。……はず。

だが、そんな俺の指示に納得できないのか、浅田は不安と悔(くや)しさを滲(にじ)ませながらクラゲの群れを睨(にら)んでいる。

どうにも落ち着かない様子だな。焦ってるのも不安なのも分かるが、このままじゃ本当に飛び出していくんじゃないか？

なら、無意味かもしれないが多少なりとも仕事をさせたほうがいいか？

「……いや、違うな。体は休ませたままでいいが、異変を探せ」

「異変？」

「ああ。こいつらが突然現れた異変の大元みたいな——所謂(いわゆる)ボスだとかがいるかもしれない。それを探せ」

　こいつらにボスなんて存在がいるのか分からない。

　だが、その可能性は低くないいんじゃないかと思ってる。

　さっき俺はクラゲ達が攻撃に移る条件は獲物——この場合は俺達がクラゲから離れた事じゃないかって考えた。

　だが、離れるって言ってもあの場所に行くまでの道中にもクラゲはいたわけだし、そいつらから見たら俺達は〝離れていった〟事にならないだろうか？

　だというのに、その道中にいた奴らは攻撃してこなかった。なぜだ？

　あの時俺達のとった行動は、その場から動こうとした事だが、動くだけならそれまでもしていた。前に進む、という形でだが。

　しかし、後ろに下がろうとした瞬間に襲ってきた。

　その事から、俺は『獲物が中心から離れる事』が攻撃のトリガーだと考えた。

　中心、つまりはボスだ。

「探せって言っても……ううん。分かった」

　浅田はまだ不安そうにしているが、それでもやる事がはっきりとしたからか、もう突然突っ込んでいきそうな様子は見えない。

その様子を見て心配事を一つ潰す事ができたと判断し、俺はこの後どうするべきか考える。とりあえずは、情報を集めるべきだよな。

「くそっ、おせえよ」

万が一に備えてスマホには発見されたモンスターやアイテムの情報をダウンロードして詰め込んである。

そのデータを漁っていくが、起動させてファイルを開くのにかかる時間がもどかしい。

普段なら遅いなんて事はない普通の速度だが、今の状況では一秒であっても余計に時間がかかった分だけ遅いと感じてしまう。

そして、ようやく開いたファイルの中に詰め込んであった資料から、このクラゲに該当する情報を漁っていく。

分裂と再生を繰り返す空飛ぶクラゲ。

こいつはイレギュラーだからそのものの答えなんてないかもしれない。

だが、イレギュラーの元になった似たような存在はいるはずだ。

最悪の場合はスライムを参考にして戦うしかないが、それでもなんの情報もないよりはマシだろう。

「は？」

そしてついにこのクラゲらしきモンスターを見つけたのだが、その情報を見て、俺は思わず間抜けな声を出してしまった。

砂漠のある地域でよく見られる？　日本にはいない？

その見つけたデータにはこう書かれていた。

・対象モンスターの階級は二級。

・魔力の乏しいダンジョン――主に砂漠系統で見られる。

・触手の先端にある棘を敵に刺し、そこから魔力を吸収する。

・周辺の生物の精神に干渉して自分達の方へと引き寄せる。その際に該当モンスターの数が多いほど効果は強力になる。

・攻撃性は低いが、自身から離れようとすると攻撃してくる。

・魔力を食事として分裂、再生を行うので、魔力の補充さえさせなければ数は増えず、脅威ではない。

・過去に、安全を確保し、安定して素材の回収をするための障害と判断され、発見ダンジョンにて殲滅作戦が行われたが失敗。全滅は不可能。

一通り必要な事を見た限りだとこんなもんだ。正直なところ、悪態をつきたくて仕方がない。

だが、俺がそんな事をすれば宮野達は不安に思うだろう。だから表面上は何もないように努める。それでも多少は顔をしかめてしまったが、クラゲ達の対処に集中してる宮野達には見られていないと思う。

にしても、精神干渉か。

俺はここに至るまで何度か違和感を覚えていた。本当にこっちに進んでいいのか、このままでいいのかって感じのやつだ。

宮野も違和感を覚えていたようだし、自分達の方に獲物を引き寄せるって精神干渉の効果のせいだろうか？

精神攻撃に対する防御用の装備を持っているのにそれを貫通して効果を出したのは、その数に応じて効果が増すからだろうな。流石にこれだけの数がいたらそれも理解できる。

ここにある情報で想定されてるのは、多分最大でも百、あっても千ってところだろう。

だが、ここには千どころか万ですら済まないような数のクラゲがいる。

本来はここまで増える事はなく、そのために二級という判定を受けていたのだろうが……くそっ、甘く見ていた。油断なんて言葉じゃ片付けられないほどの失態だ。

だが、反省は後だ。今はそんな無駄な事をしてる場合じゃない。少しでも早く打開策を考えないと。

「浅田、ボスはいたか？　それから敵の状況は？」

「ボスは見つかんない。それとあいつら、飴食べて分裂してる！」

調べた情報と現状を擂(す)り合わせて考えるために、周囲の確認(かくにん)を頼(たの)んでいた浅田に尋(たず)ねたのだが――これだ。

確かに情報は間違っていないし、モンスター自体は弱いのだろう。

試(ため)した感じでは手を抜(ぬ)いた俺の攻撃でもそれなりに削れたしな。普通なら遭遇(そうぐう)したとしても害はないだろうが、それも数が少なければ、だ。

魔力が乏しい環境ではそれほど数も増えず、危険も少ない。

だが、ここは一応砂漠地帯もあるダンジョンではあるが、常に魔力のこもった飴が空から降ってくる場所。あのクラゲ達の餌に限りはない。

あいつらにとっては相性(あいしょう)最高。俺達にとっては相性最悪なダンジョンってわけだ。

だが、それにしてもまだおかしいと思ってしまう。

確かにここは荒れ地だし、ギリギリ砂漠系のダンジョンと言ってもいい。

あいつらにとって餌となる魔力が豊富にある。

しかし、だ。それだけであいつらは生まれるのか？

元々いたモンスターとは生態系の関連性がないし、いくら回復できるからって雨飴に打たれて体にダメージを負いながら再生と分裂を繰り返すか？

そんなダンジョンより、もっと普通に魔力の豊富な場所で出るもんじゃないか？

自然発生したってよりも、誰かが意図的に持ち込んだと考えた方がしっくりくるくらいだ。

もちろん砂漠と魔力という条件が揃っていたから発生したとも考えられなくもないが……なんとなく何かがおかしいような、すっきりとしない感覚がある。

譬えるなら、誰かが手を加えたような感覚。

それっぽく作った人工物を、これは自然のものですって紹介されたような、確かに自然っぽいんだけど、どことなく馴染んでいないような、なんとも言えない違和感ってものがある。

何かがおかしいようなおかしくないような、普通じゃないものが紛れ込んでるような、そんな違和感。それをこのクラゲから感じる。

その理由の一つが、ボスの存在だ。

俺の今調べた情報にはボスなんて書かれていない。

だが、俺の仮説としてはボスがいる。

この食い違いは単に俺の考え違いだろうか？

もしくはもっと別の……例えば、イレギュラーの中のイレギュラー——変異種が発生した、とかじゃないだろうか？

その仮説が正しいとするのなら、一応他の異常も説明がつく。

たとえば、さっき考えたこいつらの攻撃の条件だ。

俺達はクラゲのモンスターを置き去りにして進んでいった。

クラゲの『群れ』としては獲物が危険な方へと近づいているように思えるが、クラゲのモンスターという『個』から見れば自分から離れていっている。

だというのにクラゲ達は本来の性質とは違い離れていく俺達を襲う事なく、代わりにというか、クラゲ達の分布が多い方——おそらくは中心から離れようとした時に攻撃を受けた。

それは『個から離れる』ではなく、『ボスから離れる』という条件を満たしたから攻撃してきたと考えられる。

その場合はクラゲはなんらかの手段でもって俺達を監視していたって事になるんだが、まあその方法ってのはクラゲ達とボスはなんらかの方法で繋がっていて、見たものだとか感じたものの感覚を共有してるんだろうな。

——で、そんなただでさえ発生した理由に疑問があるってのに、その中でも明らかに異常なクラゲがなんにもない所から発生すると思うかって言われたら、そんな事はあり得ないとはっきり言える。

ほぼ間違いなく誰かが何かをしたんだろう。

そう考えると、先ほど車で土竜達から逃げようとして死んでいった車の奴らが怪しくなってくる。あれはちょうどこいつらをここに放したところだったんじゃないだろうか？

まあ実際のところは分からない。だが、確かにこんな状況を作った犯人がいるならそれはクソッタレな事だが、同時に希望が持てる事でもある。

もしボスがいて、そいつと他のクラゲ達の間に通常はないはずの繋がりがあるのであれば、ボスをどうにかすれば解決できるかもしれない。

問題はその『どうにかすれば』って部分をどうするかって事なんだが、少なくとも、一体一体潰していくってよりは希望がある。

それに、これをどうにかできれば、とも思う。

このクラゲが本当に人の手によるものなら、犯人はこいつを使って何かをしたかったって事だが、その場合、なんらかの形でこいつに手を加えたやつに繋がっている可能性がある。

何せ、自分の狙いが達成できたのか確認する必要があるからな。

だから、その繋がりを辿って攻撃する事ができれば、なんとかなるかもしれない。いつもやってる魔法のハッキングの延長みたいなもんだ。

まあ、そっちはついでにうまくいったらいいな、程度のもんだけどな。

「……いけるか？」

不安はある。本当に俺の考えが合っているのか。本当にそれで倒せるのかって。

だが、それでもやってみるしかない。やらない事にはこの状況から抜け出せないというのが現状だ。

……調べてみるか。

そう考えた俺は、結界の端まで移動して手を前に出した。

「伊上さん！　何か分かったんですか⁉」

俺の行動に目聡く反応したのは宮野だった。

宮野は俺達のいる結界を壊そうとしているのか集まってくるクラゲを攻撃しながら、僅かにこちらに視線を向けて問いかけてきた。

そんな言葉に一瞬だけ俺の手は止まったが、そのまま結界の外に突き出した。

「ぐっ！」

その瞬間、俺の手にクラゲの触手が刺さり、そこから魔力を抜かれていく感覚がした。

一応魔力の制御だけならそれなりに自信があるので、制御を手放さなければ干からびるほど抜かれるって事はないが、それでも多少は吸われてしまう。

だがそれでいい。

だって……ああ、やっぱりな。――見つけた。

「ちょっ！　何やってんの⁉」

俺の奇行に反応した浅田が、自身の手を結界の外に出して俺の手に刺さったクラゲの触手をちぎると、俺の手をとって強引に結界の中へと引き戻した。

俺の手には未だにクラゲの触手が刺さったままだったが、そんな事が気にならないくらいの喜びがあった。

やっぱり俺の考えは正しかったようで、吸い取られた先に『何か』がいた。

俺から吸った魔力は、その何かへと送られていた。

それが今回の件を起こしたかもしれない黒幕なのか、それともこいつらの元締め的なボスなのかは分からない。

だが確実に中心となっている『何か』がいた。

繋がっているのがこいつだけってわけがないし、全部が繋がっていると考えるべきだろう。なら、やれる。

「北原だけは結界を維持しつつ、全員集まれ」

俺は手に刺さったままだった触手を抜き取ると、結界の外に捨てようとして、だが思いとどまってそばに置いた。

「駆除はどうするんですか⁉」

「それは片手間でいいから続けてくれ。ただし、宮野はこの後すぐに行動できるように余力を蓄えておけ」

そうして俺達は円陣を組んで集まり、中心に俺の持っていたスマホを置いて話し合いを始めた。

「こいつだ。砂漠にいるモンスター」

「確かにここには一応砂地と言えるような場所もありますけど、でも砂漠じゃないですよね？」

「なんでそんなのがここに？」

「さあな。だが理由はこの際どうでもいい」

多分誰かが持ち込んだんだろうと思っているが、確証があるわけでもないし、それを今こいつらに話す必要はないだろう。

「最悪なのは、こいつらは魔力を吸って分裂と再生をする事だ。本来は砂漠型のダンジョンっていう魔力の少ないところに出てくるからそれほど脅威じゃないが、今は場所が場所だ。まあ見れば分かると思うけどな」

「魔力を吸っての分裂って、どうすんの？　あの飴、魔力の塊なんでしょ？」

「可能性としては、これだ」

そう言って俺はさっき抜いた触手を全員の前に出して見せた。

「触手？」

「さっきあんたが馬鹿な事やってたやつでしょ？」

馬鹿な事、ね。あれには理由がちゃんとあるんだが、まあ分からないやつから見たら馬鹿な事だろうな。

「ああ。だが、そんな馬鹿な事には理由がある。あいつら、全部繋がってるんだよ」

俺は触手を見せながらさっき確認した事を話す。

だが、話を急ぎすぎたせいで言葉が足りなかった。

そのせいで『繋がってる』なんて聞いても、宮野達は顔を見合わせたり首を傾げているだけだった。

「繋がってる、ですか？」

急ぎすぎて説明をおざなりにして失敗しても意味がない。

なので一旦落ち着くために深呼吸をしてから宮野の問いに答えていく。

「そうだ。浅田に探してもらってたが、多分ボスがいる。そいつは全部のクラゲと繋がっていて、子分達の集めた魔力を回収してる」

「だから何？　こいつらをいくら駆除しても意味ないって事？」

「それはまあそうだが、そうじゃない。俺が言いたいのは、ボスを見つけ出してそのボスから子分達へと伸びている繋がりを使えば、全部駆除できるって事だ」

「そんな事ができるんですか？」

「できる」

ボスと子分達の繋がりを見つける事ができたんだ。駆除そのものは失敗する事なくできるはずだ。

その後はどうなるか分からないが、まずは現状を打破する事が大事なので、その先の事なんて後になってから考えればいい。

「むしろ、それ以外だとどうしようもない。ダンジョンの奥に進んでダンジョンごと破壊する事もできなくはないが、ここからだと走ったとしても何日もかかるし、そもそもこいつらをどうにかしないとまともに進めない」

ダンジョンの核は過去の冒険者達の行動によって場所が判明しているが、それを壊すためには何日も移動しなくてはならない。

それに、その方法だと核を壊してからダンジョンを抜け出さないといけないわけだが、このクラゲ達はずっとついてくるだろうし、流石にそんなずっとなんて宮野達の魔力も体力も保たない。

特に北原。攻撃を受けながら結界を張り続けるのはそれなりにきついはずだ。

加えて、そんな事をしている間にこのクラゲ達は対処不可能なくらい数を増やすだろう。

「でもさ、さっきあんたに言われて異常を探してたけど、何もいなかったじゃない」

「多分場所が悪い」

「場所？」

「俺達がいるのがこの辺。最初にクラゲを見たのがここで、数が多くなったのがこの辺。更にこの辺は数が増えてるって宮野が言ってた事を考えると――」

スマホの画面をいじりながらこのダンジョンの地図を出してそれを指で示す。

「多分敵の分布はこんな感じだ。で――ここ」

五人で見るには少し画面が小さいが、全員目は悪くないわけだし十分に見る事ができるだろう。

「多分だが、異変の大元はここにいる。敵の数が多くなっている場所だ。円の中央にボスってのは、定番だろ？」

ボスがいるのはほぼ確定だが、それがどこにいるかって事までは分からない。

分かるのは、これまで見てきた敵の分布から多分こっちの方にいるんだろうな、ってくらいだ。

だが、どこか巣穴にでも引っ込んでいない限り、子分達が吸収した魔力を回収するんだったら中心にいるはずだ。

仮に巣穴に引っ込んでるにしてもクラゲ達はその場所を中心として広がるだろうから、探す方向が敵の多い方ってのは間違っていないと思う。

「で、そいつを見つけ出してこのナイフを刺してもらえれば、さっき言った『繋がり』を使って俺がそこに呪いをかける」

そう言いながら俺はナイフを取り出し、それを宮野達の前に置いた。

「呪い？」

「そうだ。相手の魔法を暴走させて、相手にかかっている魔法とその術者を呪う」

呪術は俺の専門ではないが、使えないわけじゃない。簡単なものだが、そのための道具もあるしな。

以前学校の大会で戦った特級冒険者の工藤にも呪術を使った事があるが、今回使うのはそれよりももっと強力なもの。

専門ではない俺が使えば、その代償として自分にも呪いが襲いかかる。

人を呪わば穴二つ。まさにその通りだ。敵にかけた呪いは俺自身にも牙を剥く。

しかも今回は工藤に使ったものなんかよりももっと強力な特別製だ。もしかしたら結構ヤバめな事になるかもしれない。

「あー、そういえば、あんた呪術もできるって言ってたっけ」

「できそうな事は一通りできるようにしたからな。ただ、俺は素人なんでな。これをやると呪いが逆流してしばらくまともに動けなくなる」

「ちょっ⁉」

「逆流って、大丈夫なんですか？」

「大丈夫じゃない。が、やるしかないだろ」

だが、終わった後に何かあると分かっていても、それでも俺はやるしかないのだ。じゃないと俺はこいつらを守れず、このダンジョンから出る事ができないのだから。

だから、自分の呪いにかかってぶっ倒れる程度、受け入れてやろう。

よく言うだろ？　死ななきゃ安い、って。

俺の言葉を聞いた宮野達は、全員が表情を歪めながらも、状況は理解できているのか何も言わずに黙ったままだった。

そんな宮野達の様子を見てフッと小さく笑った俺は、呪いをかけるための準備を始めた。

「必要なのはまず魔力だが……これでいいか」

まず最初に取り出したのは、すぐそばにあった大型の保存容器。その中にあった雨飴だ。

これはクラゲ達の餌であり魔力の補充源となっているが、それは同時に俺達にも同じ事ができるという事。

まあモンスターと人間では魔力の回収効率は変わるが、使えない事はないし、これだけ大量にあれば足りるだろう。少し面倒だが、足りなかったら周りから集めればいい。

「次に、水銀と術者の血と髪と、対象の一部——は原因の大元を捕まえるとして……いや？一応こいつらも入れておくか」

水銀ってのは呪術や呪いの類いには定番だ。使用どころか保持するだけで資格がいるものだが、まあ資格は取った。

本来は毒物や劇物を扱う資格の取得はそれなりに難しいものだが、俺の場合は冒険者って事でごく限られたもので使える資格だから簡単だった。

術者の血と髪は問題ない。

坊主とかだったら難しいかもしれないけど、俺はそれなりに伸ばしてるからな。ナイフでスパッと切るだけでおしまいだ。

あとは対象の一部についてだが、一応今ある触手でも使えない事はないが、生きたままボスと繋がっている奴を使った方がいい。

これだけ周りにいるんだし、捕まえる事自体は難しくないはずだ。使わない手はないだろう。

「浅田。あいつを捕まえてこの容器の中に入れておけ」

そう言って俺は宮野の持ってきた回収容器を示した。

中には雨飴が入っているが、それを出せば檻の代わりになる。

この中で一番余力を残してるのは浅田だろうし、捕まえるのに適してるのもあいつだろう。

だから俺は浅田に頼んで、あいつがクラゲを回収している間に俺は次の準備へと移る。

「あとは術の象徴には……繋げた人形でいいか」

二体の人形──はなかったので、適当な布切れや棒状のものを使ってそれっぽいものを二つ作り、それを紐で繋いだ。

そしてその腹の部分にナイフを突き立てて傷を作ると、ナイフを抜いてもう一体の腹へと突き立てたが、今度は抜かずに放置する。

この象徴ってのは曖昧な割に結構重要な役割を果たす。その役割を言葉にはしづらいんだが、なんかこう、イメージの具現というか、明確な形とする事で安定させるというか……まあなんかそんなすごく説明しづらい曖昧な感じだ。

というか、そもそも呪いって技術自体が結構曖昧なんだよな。直感というか、感性が大事な術だ。だからあまり得意ではないんだが、できないわけではないし、やるしかない。

ちなみに、今回のこれが意味してる事は、クラゲ達と、多分いるであろう黒幕、それから俺との繋がりで、一人が傷を負えば繋がっている奴全員が傷を負う、という事だ。

「後は……安倍」

「？　なに？」

それまで呪いの準備を行っていた俺が突然自分に話しかけたからだろう。安倍は攻撃の手を緩める事はないが、こちらへと振り向いた。

「お前の血を少しくれないか？」

だが、俺がそう言うと流石に驚いたのか、安倍の攻撃の勢いが弱まった。それでも完全に止まっていないのは、あまり感情を見せないようにしているからだろうか。

まあ、それは今はどうでもいい。それよりも……。

「私の血？」

『ああ。お前は嫌かもしれないが、それでも『安倍』の家だろ？　多少なりとも……少なくとも、俺よりは呪いの適性を持ってるはずだ。それを術の補強に当てたい」

先ほどまでは動揺しながらも攻撃を続けていた安倍だったが、俺がそう言うなり攻撃の手を完全に止めてしまった。

「……そう。分かった」

しかし、動きを止めたのもほんのわずかな間で、安倍はそう言うなり再びクラゲ達へと振り返り、攻撃を再開した。

ほんのわずかな時間とはいえ、今の安倍の中ではかなりの葛藤があった事だろう。それだけ安倍は自分の家や血筋の事を嫌っている。それを利用しようというのだから、悩み、躊躇うのも無理はない。

「いいのか？」

だがそれでも、安倍は即断と言っていいような早さで決断し、俺は思わず問い返してしまった。

「いい。コースケは必要だから聞いたのに、この状況でそんな事で断るのは愚か」

そう言うなり、安倍は正面にいたクラゲ達に向かって炎を撒き散らし、一掃すると、こちらに向き直り腕を前に突き出してきた。

「悪いな」

その腕を取って、ナイフと受け皿で安倍の血を採取する。

「ん……」

その際、ナイフで切るのだから痛いはずなのだが、安倍は少し顔を歪めただけでそれ以外は特に痛そうな様子を見せる事はなかった。

「……これでいい？」

「助かる」

「助けてもらうのはこっち。なんだったら、保存用と観賞用に余計にあげる」

安倍はそう言いながら腕の傷を押さえていたが、すぐに北原が治癒を施した事で傷痕も残らずに治った。

「なんだよ保存用と観賞用って……。んな冗談言ってんなよ。バカたれ」

安倍にしては珍しく冗談を言っているが、それも場を和ませるためのものだろう。それくらい、今の状況は『死』に近い。

だが、それでも俺は死ぬつもりはないし、こいつらを死なせるつもりもない。

そのために必要なものは揃い、間に合わせではあるが、呪いの準備を整える事ができた。

「……伊上さん。他に、何か必要なものはありますか？」

「いや、これで準備は終わりだ。だから後は……」

「私達の出番、ですね」

「ああ。ここからはお前と、浅田。お前達二人に動いてもらう事になる」

俺がやるべき事は今のところはもうない。あとは敵のボスを見つけてからになるが、見つける事自体は宮野と浅田の役目だ。

「オッケー。……で、どうすんの？　敵を見つけんでしょ？」

「逃げてきた時みたいに結界張ったまま突っ込んでいって、ある程度まで近づいたら……」

宮野と浅田に結界の外に出てボスを探してもらう。

だが、それをこいつらにどう言おうか。

それはとても危険な事だ。敵の真っ只中に突っ込んでけなんて、守り、導く立場の俺が言うような事ではない。

それにそもそも、本当にこの作戦でいいのか？

一応ボスを見つけなくても、この子分達から呪いをかける事はできるんだ。だったらそっちの方がいいんじゃないのか？

「あたしと瑞樹が結界の外に出て捕まえに行くんでしょ？」

だが、そんな俺の迷いを読んだのか、浅田がそう言い、その後に続くように宮野も口を開いて話し出した。

「近寄ると結界の周りに張り付いて何も見えなくなる。けど結界を解くわけにはいかない。だったら誰かが突っ込むしかない。ですよね？　そしてそれをやるとしたら、前衛の私か佳奈ですけど、どうせだったら両方が行けばいい。違いますか？」

「それは、そうだが……危険だぞ？」

「んなもん百も承知！　──でも、やるしかないんでしょ？」

そう言った浅田の表情は普段とも先ほどまでのものとも違い、覚悟を決めたものだった。

「宮野は……お前は本当にそれでい──」

「いいですよ。佳奈がやる気になってるし、一人で行かせるわけにはいきませんから。それに……」

宮野はそこで一旦言葉を止めると、どこか困ったような様子で笑った。

「これでも私、『勇者』なんですよ」

宮野は浅田とは違って、困った様子を見せていたが、それでもその瞳に宿る覚悟の色は浅田に劣るものではない。

「これを刺せばいいんですよね？」

そう言いながら宮野は俺の用意したナイフを手にして立ち上がると、すでに立っていた浅田の隣に並んでどっちが一本しかないナイフを持つのか相談し始めた。

そんな二人の姿を見て、俺は眉を寄せて唇を噛み締めると、震えながら息を吐き出して――覚悟を決めた。

「……ボスは多分中心にいると思うが、本当にいるかは分からない。だが、それでも行って欲しい」

「はい」

「うん」

俺の言葉に二人は頷くが、そこに揺らぎはない。

「こっちでも少しくらいは援護できるが、視界が利かない状況だと大きく動けないから大した事はできない」

「はい」

「うん」

助けるはずなのに助けられる側になった自分が情けないし、悔しいし恥ずかしくすらある。

だがそれでも今はこの二人を頼るしかない。

「この状況で動けない自分が情けなくて仕方ないが――任せた」

そう言って二人に拳を突き出してやれば、二人はその意味を理解したようで同じように拳を持ち上げ、コツン、と突き合わせた。

「「任された！」」

宮野と浅田の二人は口元に笑みを浮かべながら喜ばしげにそう言った。

四章　クラゲ退治

――宮野(みやの)　瑞樹(みずき)――


「あー、あー……よし。ちゃんと使えるみたいね」

瑞樹は耳に通信機をつけてしっかりと繋がるのか確認していた。

今回の作戦は瑞樹と佳奈(かな)の二人と、浩介(こうすけ)の連携(れんけい)が重要になる。

なので、壊れていないか、バッテリーは残っているか、通信障害が起こっていないか。

そんな事を瑞樹は確認していたが、それは佳奈も同じであり、結界の外に出る二人だけではなくチームの五人全員が確認し、装備していた。

「何かあったらすぐに逃げろ。子分達でもできない事はないんだから、無理はするな」

浩介はそう言ったが、瑞樹は、そして佳奈は逃げるつもりなど毛頭なかった。

二人に注意を促(うなが)した浩介はつらい表情をしているのでこう言ったらなんだが、二人は嬉(うれ)しかった。

何せ、頼られたのだ。

普段は自分達が頼ってばかりで、でも自分達の事は頼ってくれない恩人が、自分達を頼ってくれたのだ。嬉しくないはずがない。

だから、多少の無理無茶無謀があったとしても、二人はその全てを振り払って——踏み潰して全てを成功させるつもりだった。

失敗なんて認めない。逃げるなんて許さない。何がなんでもやってやる。

ここでやらなければ——

「——女が廃る、ってね」

小さく呟かれた瑞樹の言葉は誰にも聞かれる事はなく空気に溶けて消えていった。

だがそれは意味のないものではなく、呟いた瑞樹はより一層の覚悟を胸に宿して拳を握った。

「瑞樹ちゃん、佳奈ちゃん。私にはこれくらいしかできないけど……」

両手で杖を持ちながら不安そうな様子を見せていた柚子は、その杖を二人に向けて構え、魔法を発動した。

その魔法によって二人の体は薄らとした光に包まれ、数秒後には体に吸い込まれたかのようにスッと消えていった。

「結界をかけたけど、気をつけてね」

「あんがとー、柚子」

「ありがとう。でも、大丈夫よ。絶対に生きて帰ってくるから。……ちょっとの怪我はあるかもしれないけど、その時はお願いね？」

そんな三人の様子を眺めてから、浩介は晴華へと顔を向けた。

「安倍。お前の炎、見せつけてやれ」

「ん。了解！」

晴華は浩介の言葉に対していつになく力強く頷くと、浩介の示した方角に魔法を放った。

直後、遠くから轟音と赤い炎の光が浩介達に届いた。

空も大地も震わせるほどの爆炎に続いて、遠くからも分かるほどの地響きが起こる。

それから、降り注ぐ雨飴の中でも分かるほどに巨大で、歪な土竜が大地を巻き上げて飛び出してきた。

土竜は地面から出た先で溢れかえるほどに沢山いたクラゲ達を食べている。

大口を開けて動き回り、その口の中に入った獲物を食い殺す。単純だが、敵のサイズを考えると必殺の攻撃だ。

だがクラゲ達もただ食われるだけでは終わらない。触手の先端から針を伸ばし、それを土竜に突き刺してダメージを与え、魔力を吸っていく。

その針を嫌って、土竜はそれを外そうと暴れ回り、ついでに口を開けて更にクラゲ達を喰らう。

浩介達からはっきりと見えるかは分からないが、爆炎の巻き起こった場所ではそんな光景が繰り広げられていた。

今のはクラゲのモンスターの駆除ではなく、陽動。

このダンジョンに元々いる土竜のモンスターを呼び起こして少しでも身代わりにできれば、という程度のもの。そしてそれは一度では終わらない。

その後も浩介は二度ほど晴華に指示を出し、それに従うように二度、同じような爆発と地響きが起こった。

「あとは道だな。……できるか？」

「平気」

そうは言っているが、晴華の顔には疲労の色が見えている。

当然だ。一級の中でも最上位と言えるほどの魔力を持っている晴華であっても、あれだけ大規模な攻撃を休む間もなく立て続けに行えば魔力が枯渇する。

「安倍、あっちだ。中央からズレたあのへんを狙え」

だがそれでも、浩介は晴華に敵を攻撃するよう言い放ち、晴華はそれに頷いた。

そして晴華は魔法を構築していき、目の前——浩介が指示したように狙いを中央から少し外して直径五メートルほどの炎の球を放った。

それは敵を倒す、と言うよりも、瑞樹と佳奈のために道を作る、と言う方が正しい。中心から少しずらした場所を狙ったのは、その一撃(いちげき)で万が一にもモンスター達のボスを殺してしまったらまずいからだ。

「佳奈！」

「オッケー！」

晴華の炎によってクラゲ達が満ちた空間に一本の道ができた。

瑞樹と佳奈の二人は敵のボスを探すために結界の外に飛び出し、その道を進んでいった。

「——っとに、無駄(むだ)に数だけは多いんだから！」

晴華が作った道だが、それでもいつまでもあるというわけではない。

わずかな時間であれば空白地帯を作る事はできても、時間が経(た)てば元のように埋(う)め尽(つ)くされてしまう。

だが、思ったよりも早そうだとはいえ、道が消えるのは想定内だった。

「佳奈。ここからは予定通り、別行動でいきましょ」

「うん。後であいつに怒られるかもしんないけどね」

だから二人は別行動を取る事にした。

浩介からは二人一緒に行動しろと言われていたが、それでは効率が悪い。

今までは道を進むだけだったから一緒に行動していたが、もうおおよそボスがいるであろう中央付近へと来たのだから、後は敵を処理しながらボスを探すだけ。

だったら二手に分かれた方が早いというのは、考えるまでもない。

佳奈も瑞樹も、単体でも問題なく戦えるほどの力の持ち主だ。

そして、このクラゲ達の処理も、周囲に気を遣わなくていいならば割と簡単な作業の部類に入る。

瑞樹の場合は、魔法の制御など考えずただ雷を周辺にばら撒けばいい。

それでは完全に殺せないかもしれないが、それで構わない。一時的に動きを止めて先に進む事ができるのならそれで十分だ。

そして佳奈も、あらかじめ瑞樹が聞いていた戦い方をするのならば、周囲に味方がいない方がやりやすい。

故に、二人はそれぞれ単独で動く事にしたのだ。

ただし、それは早いというだけ。それ以外の事は考慮されていない。例えば——安全面とか。

今は周囲を敵に囲まれた状態だ。二人揃っていてもただでさえ危険な場所だというのに、それが二手に分かれたらより危険になる。

だから浩介は二人で行動しろと言ったのだし、二人もその事は理解していた。

「その時は、二人でちゃんと怒られましょうか」

「あはっ、そーね」

だがそれでも、一分一秒でも早くこの騒ぎを終わらせるために、二人はそうする事を選んだ。

「じゃあ、後で怒られるためにも……」

「しっかりと生きて終わらせるわよ」

そうして二人は軽く笑い合うと、それぞれ逆の方向へと走り出した。


佳奈と分かれて行動し始めた瑞樹は、自身の前方に雷を放ちつつ、進んでいく。

「せっかくあの人に任されたんだから、邪魔しないでもらえないかしらね！」

だが、しばらく探してもボスらしき個体を見つける事ができず、いくら攻撃しても全く減る様子を見せないクラゲ達に、瑞樹は若干の苛立ちまじりに攻撃していく。

『瑞樹ー。聞こえるー？　見つけたんだけど、今だいじょーぶー？』

そんな時、自分とは別の方向へと進んだ佳奈から通信が届いた。

「ええ。場所の合図をお願い」

瑞樹は足を止めないまま通信機のついている耳に片手を当てて返事をするが、その内心では少しだけ……ほんの少しだけ不満があった。

そんな瑞樹の内心は誰にも気付かれる事なく、瑞樹のいる場所から離れた空で爆発が起こった。それは佳奈がボスを見つけた合図だ。

「先を越されちゃったか」

できる事ならば自分が見つけたかった。

今回は浩介から渡されたナイフは一本しかなかったので、合流する事を考えて移動速度の速い瑞樹が持つ事にした。

だが、瑞樹がナイフを持つ事にしたのは、それ以外にも自分が見つけて倒したいという思いがあったからだ。

佳奈は瑞樹にとって大事な友達——親友だ。

だが、親友だからといってなんでも肯定するわけではなく、反発したい時もある。

しかし、反発といっても、瑞樹は佳奈に何か言いたい事や不満に思っている事があるわけではない。むしろ不満があるとしたら、自分。

自分達には恩人がいる。ダンジョンという場所で生きる術を教えてくれた、ちょっと憎(にく)まれ口(ぐち)を叩(たた)いたり意地悪をする事もある、自分達よりも年上の男性。

普段はなんのかんの言っていても、いざとなったら誰も彼(かれ)も……勇者である自分ですらも救ってしまうヒーローみたいな人。

そんな恩人の姿に憧(あこが)れ、役に立ちたい、恩を返したい、と思った。

そしてそれは瑞樹だけではなく、他の仲間全員が思っている事だ。

だけど実際に『彼』の心に踏み込み、『役に立てた』と言えるであろう存在は、親友である浅田(あさだ)佳奈という少女だけ。

瑞樹も自分なりに行動したが、それでも恩人のために動けたのか、と考えると、結果は微妙(びみょう)なもの。今ひとつ踏み込みきれず、何も残せていない。

それが瑞樹にとってはたまらなく不満だった。

その気持ちを簡単に言えば、嫉妬(しっと)。

だからこそ、今回は浩介に頼(たの)まれた事で自分が活躍(かつやく)してみせようと考えていたのだが、結局は佳奈の方が先にボスを見つけてしまった。

「……頑張(がんば)らないとね」

瑞樹は頭を振ってそう呟くと、爆発の見えた方向へと走り出した。

——浅田　佳奈——

「にしても、ボスはどこいんのよ。魔法が使えないから薙ぎ払う、ってのもできないし……」

瑞樹と別れた後、佳奈はただ走り回っていた。

作戦はあるにはある。

が、それをやると著しく速度が落ちるので、それを嫌って走っていたのだ。

「あー、もう！　邪魔だって、言ってんでしょうがっ！」

しかし、クラゲの攻撃程度なら服は傷つくし穴が開くかもしれないが、それだけだ。体に刺さる事はなく、できても軽い擦り傷程度。

だから顔や首以外は無視して進んでいたのだが、いい加減鬱陶しくなってきて、当初の作戦を始めるために苛立ちまじりに地面を思い切り殴りつけた。

全力で殴られた地面は砕け、岩盤が捲れ上がった。

佳奈は捲れた地面を掴み、それをジャイアントスイングのように振り回してから瑞樹がいないであろう進行方向へとぶん投げた。

とはいえ、ボスに当たってはいけないのでそれほど遠くまでは投げなかったが、それでも自身の周囲の敵は消え、最初と同じように『道』ができた。

「っし！」

これが佳奈の作戦だった。

大きなものを振り回していればクラゲを叩き潰せる。

そんな考えから、地面を砕いて〝大きなもの〟として使う事にしたようだ。

そして佳奈は自分がぶん投げたものによってできた『道』を進んでいくのだが、その内心では不満が溜まっていた。

――敵の生まれてる方って言ってもねー。この状況でそんなの分かるわけないじゃん。

浩介は瑞樹と佳奈に、多分延々と敵を生み出し続けているものがボスだ、と言っていた。

それは、相手の狙いは分からないが、クラゲモンスターの再生と分裂の力が強化されていた事からの推測だった。

なので瑞樹も佳奈も浩介の言った条件に当てはまる敵を探しているのだが、ただでさえ雨で視界が悪いのに、クラゲが空を覆い、自身に向かって集まってくる事で視界が大幅に遮られている状況で見つける事は難しい。

それでもやらないわけにはいかないし、やると決めたのは自分だ。

だから佳奈は走り続ける足を止めないのだが、見つけられなくて不満が溜まるのはどうしようもない。

佳奈は探し物が見つからない苛立ちを込めて再び地面を殴り、砕けて剥がれた地面を振り回した。

「ったく、どうせなら全部同時に来なさいよ！」

同時に敵を薙ぎ払っても、できた空白地帯に敵が来るのはばらつきがある。

鬱陶しい事この上ない。同時に来るのなら同時に薙ぎ払えばいいが、接近までの時間にばらつきがあると、攻撃のタイミングも考えなくてはならない。

「っ⁉　なにっ？　下っ⁉」

クラゲ退治にめんどくささを感じつつも予定通りに敵のボスを探していると、突如地面が揺れ始め、佳奈の足下から地面を食い破って敵が現れた。

「なんでクラゲじゃないのが……あっ！　土竜！」

揺れを感じた瞬間咄嗟にその場から飛び退いた佳奈だったが、どうしてここでクラゲ以外の敵が現れたのか、と一瞬困惑した様子を見せる。

だが、すぐにその敵がこのダンジョンの本来のモンスターである土竜だという事に気がついた。

「邪魔してんじゃないっての。！　あんたみたいなのに構ってる暇（ひま）なんてないんだから、さっさと――」

本来はこの土竜のモンスターの方がこのダンジョンの敵なのだから現れてもおかしくないのだが、今の佳奈に目的であるクラゲ達（たち）以外の相手をしている余裕（よゆう）はなく、相手をするつもりもなかった。

だから……。

「潰れてなさいよ！」

佳奈はそう叫（さけ）びながら、大口を開けて地面の下から出てきた土竜に向かって飛びかかり、殴った。

本来ならば殴られた程度では死ぬどころか致命傷（ちめいしょう）すら負わないこのモンスターだが、今回ばかりは違った。

ただ一度の拳。それだけで土竜は殴られた部分が陥没（かんぼつ）し、地面へと叩きつけられた。即死（そくし）だ。

「っふう～。そういえば騒ぐと出て来るんだって忘れてたわ～」

クラゲの対処にばかり意識が向いていたせいでこの土竜達（もぐらたち）の事を忘れていた佳奈は、その事を反省しつつ小さく息を吐き出した。

「確か、危険だと分かるともう出てこないはずだけど……ま、出てきたらその時はその時でまた潰せばいっか。それよりも、クラゲの対処よね」

ここの土竜のモンスター達は、自分達の身が危険だと理解するとそれ以上は攻撃してこなくなる。

それ故、一度襲ってきたものを圧倒的な力で倒してしまえば、その周辺の土竜達は襲ってこない。

その事を事前に教えられていたからこそ、佳奈は土竜を無視して先に進もうとした。

だが、そこでふと何かに気がついた様子で倒したばかりの土竜へと振り返った。

「……これ、地面より持ちやすいかも？」

佳奈が気が付いたのはそれだ。佳奈の一撃で倒されたとはいえ、本来ならばかなり丈夫な敵だ。だからこそ、このダンジョンを攻略している冒険者達はこの土竜を倒さず、出遭わないようにする事で対処しているのだ。

だがそれは、佳奈にとっては好都合というもの。この土竜の体を使って攻撃すれば、地面を割って攻撃するよりも効率的だろう。少なくとも地面を掴んで投げるよりは楽だし、使いやすいはずだ。

「そおっ、れえええええっ！」

自分が倒した土竜のモンスターの尻尾を掴み、掛け声と共にぶん回して周囲に寄ってきていたクラゲ達を一掃する。

「やっぱり、さっきより、殴りやすい！　なんか、いい感じの武器、ゲットね！」

佳奈は攻撃の手を緩める事なく走りながら土竜の死体を振り回し、嬉しそうに言っているが、それはとてもではないが女子高生のやるような事ではない。

自分が殺した敵の死体を掴んで振り回し、さらに敵を殺す。側から見れば間違いなく狂気の沙汰だ。

もし佳奈に二つ名がつけられるとしたら、『血塗られた』や『狂戦士』などの言葉がつくのではないだろうか？

「にしても、やけにあっちからの敵だけ来んのが早くない？」

佳奈は土竜の死体を振り回して突き進んでいるが、そこで敵の分布が均一ではない事に気がついた。

土竜を振り回して敵のいない空間を作っても、しばらくすればその攻撃の外側にいたクラゲ達が新たに近寄って来る。

だが、その敵の数は全方位同じように増えるのではなく、一方向だけやけに敵の増え方が早いのだ。

「ん？　あれ？　……もしかして、ボスの見つけ方が分かっちゃった？」

そこで佳奈はふと気がついた。

――この方法でいいんじゃないの？　と。

空いた空間に入り込んでくる敵の数や早さにばらつきがあるのは、その方向にいる敵の残数に違いがあるから。

早く、多く寄ってくる方には敵が多く残っており、遅く、少なく寄ってくるのは敵の残りが少ないから。

自身の周囲を薙ぎ払って倒すという攻撃の性質上、自身を中心とした円状に敵を倒す事になる。

だというのに敵の残数に違いがあるのは、倒しても新たに増えているからではないだろうか、そう考えたのだ。

空白地帯にたくさん敵が流れ込んできた方が敵が多い方――つまり敵の生まれている方ではないか、と考えた佳奈は、場所を移してから同じように周囲の敵を片付ける。

すると、そこでも空白地帯に入り込んでくる敵の早さにばらつきがあった。

「いよっし！　これよこれ！　この方法ならいける！　さっさと終わらせてやるんだか

ら！」

単純ではあるし考えなしな行動を取る事もある佳奈だが、その頭は悪くない。

方法に気づき、試してしまえば、その結果からボスのおおよその位置を割り出す事はできた。

「いたっ！　あれが大元――ボスでしょ！　なんかおっきいし！」

そしてボスがいるであろう方向に向かって走った佳奈だが、その先には想像通り他のクラゲ達とは違う個体が存在していた。

普通のクラゲ達が横幅五十センチほどなのに対し、ボスらしきクラゲはその十倍。五メートルほどの大きさだった。

だが五メートルというのは体だけだ。蠢いている触手の長さまで入れたらその全長はどれほどか分からない。

「うううぅぅぅ……」

そんなクラゲ達の親玉から、どんどん小さなクラゲ達が生み出されているのを見て、佳奈はどうにかしなきゃと焦り、攻撃を仕掛けるべく思いきり踏み――

「っと、ダメダメ、倒したらダメなんだった」

――込もうとしたところで、倒してはいけないんだったと思い出して動きを止めた。

「とりあえず、瑞樹を呼ぶかな」

そして、クラゲ達の攻撃に対処しながら通信機をつけた耳に片手を当てて起動し、瑞樹へと話しかけた。

「瑞樹ー。聞こえるー？　見つけたんだけど、今だいじょーぶー？」

『ええ、場所の合図をお願い』

瑞樹に限ってないとは思うけど、もし苦戦してたり手が離せない状況だとまずいな、と思って気を遣いながら連絡(れんらく)を取った。

瑞樹との連絡を取り終えた佳奈は、発見の合図として決めておいた爆発の魔法(まほう)具を上空へと放り投げた。

「あー、あとあいつにも連絡しないとよね」

それを見届けた佳奈は、途中で新しく手に入れた土竜の死体を振り回しながら、敵のボスを発見したと報告をするために浩介へと繋(つな)げた。

「えーっと、ねえ。聞いてる？」

佳奈が通信機に呼びかけると、数秒と間を置かずに返事が返ってきた。

『俺(おれ)だ。聞いてる。見つけたんのか？』

「そ。ぽこぽこ新しいのが生まれてる」

『まあ、だろうな。それは想定内だし、構わんさ。だから渡したナイフを刺して起動させろ。そうしたら後はこっちでやるから』

「んー……りょーかい」

『……どうした？　なんだかやる気なさげだな』

「んや、やる気ないっていうか……これ倒したらあんたも倒れんでしょ？」

『それは仕方ないだろ。これ以外に方法はないんだから』

「そうなんだけどさぁ……」

佳奈の言葉はそこで途切れてしまい、二人の会話はそこで止まってしまった。

『言いたい事があるのは分かってるつもりだが、話は後で聞く。今はしっかりやれよ』

数秒待っても何も言わない佳奈の代わりに、浩介はため息を吐いてからそう言うと、佳奈の答えを聞く事もなく通信を切った。

「……ばか」

佳奈は小さく呟くと、そんな浩介の対応への不満をぶつけるかのように持っていた土竜を周囲のクラゲ達へと思いきり叩きつけた。

「佳奈！」

「瑞樹！」

そしてそのままその場で適当に土竜の死体を振り回していると、瑞樹が周囲に雷を放ちながら現れた。

「聞いてはいたけれど……やっぱりすごい戦い方よね。というか、それはなんなの？　予定では地面を割って使うって言ってなかったかしら？」

「だ、だっていちいち殴ってたら時間がいくらあっても足んないじゃん。これは襲ってきたから倒したんだけど、持つのにちょうどいっかな～、って」

佳奈の隣に立った瑞樹は、自分にはできない無茶苦茶な行動をする佳奈を見て苦笑いする。

瑞樹は佳奈の作戦を聞いていたが、それでも聞くのと見るのとでは全然違う。

心も技もない、ただ体だけ——力だけが込められた暴風のような攻撃。

「——あれが親玉みたいね」

そんな力任せで無茶苦茶なやり方でここまできた親友から視線を移すと、瑞樹はそれまでよりも気を引き締めるべく深呼吸をした。

「伊上さんに連絡はした？」

「うん。ナイフを刺せって」

「まあ、予定通り、か」

「よね。じゃあ瑞樹、お願い」

単純な筋力でいったら、特級である瑞樹よりも一級である佳奈の方が強いのだが、速さとなると瑞樹の方が速い。

なので、瑞樹が行ってあのクラゲにナイフを刺すべきだろうと佳奈は提案したのだが、瑞樹はどこか申し訳なさそうな顔をしている。

「見つけたのは佳奈なのに、なんだか活躍の場を奪(うば)うみたいだけど……」

親友の活躍に嫉妬している。できる事なら親友ではなく、自分が活躍したい。

だがそれでも親友が活躍する事を望み、その手柄(てがら)を奪う事を良しとしない。

そんなある種矛盾(むじゅん)した事を本気で思っているのが宮野瑞樹という少女であった。

「気にしない気にしない。ってか、そんなの気にする余裕なんてないでしょ。それに、活躍なんて言ったらあいつの方が全然上だし……」

「……まあ、そうね。それじゃあ行ってくるわ」

なんとも思わないとばかりに笑いながら進める佳奈だが、最後に表情が曇(くも)った。

それは自分よりも活躍している、そしてこの後も『活躍』するだろう自分達の仲間であり恩人であり、そして想(おも)い人である浩介の事を考えたからだろう。

瑞樹はそんな佳奈の心を読んだかのように僅(わず)かに顔を顰(しか)めたが、すぐに浩介から渡されたナイフを手にクラゲ達のボスに向かって跳んだ。

「ッ……！」

「瑞樹⁉」

が、瑞樹がボスに近づこうとした瞬間、視認しづらい壁が現れて瑞樹の行く手を阻んだ。ナイフを突き立てようとしていた体勢から、咄嗟に体を動かして現れた壁に激突しないようにしたが、そこにボスの触手が突き出され、瑞樹は弾き飛ばされた。

だが、弾き飛ばされたといっても、瑞樹にとっては遅く、軽い攻撃でしかなかったために、瑞樹は空中で体勢を整えて余裕を持って着地した。

「……ただいま」

「結界？」

「ええ。それも、結構硬いやつね」

着地した瑞樹は再び佳奈の隣に戻ると、何があったか、そしてこの後どうするかを話し始めた。

「だから、佳奈。あなたにも活躍の場を用意してあげる」

「活躍の場なんてない方が良かったけど、やるしかないか。結界を壊せばいいんでしょ？」

瑞樹は活躍の場としか言わなかったが、その説明をされる前に佳奈は何を求められているのか分かった。

結界なんてものが敵を守っており、その状態で自分に活躍の場といったら、それはもうその結界を殴り飛ばせと言っているとしか考えられなかった。

「ええ。できる？」

「もち！　だから、そっちもミスしないでよ？」

「当然。――それじゃあ、周りのを片付けるから、結界を壊して。その後は私がやるから」

『りょーかいりょーかい！』

軽い返事だが、そう言った佳奈の表情はどことなく嬉しそうで、そして、獰猛なものだった。

「三、二、一……」

カウントを取る瑞樹の魔力は高まっていき、すでに一級程度の魔法使いと比べて遜色のない、ともすれば超えるであろう規模の魔法を構築していた。

「ヤアアアアア‼」

叫び声と共に放たれた雷撃は、周囲にいたボス以外の全てのクラゲ達を蹂躙し、消滅させた。

だが、それほどの攻撃であってもボスの結界にはヒビ一つ入っていない。

「ぶっ、壊れろおおおお！」

魔法によって敵のいなくなった空間を佳奈が走り、ダンッと音を立てて踏み込むと結界に向かって勢いよく跳んだ。

そしてその勢いを殺す事なく佳奈は全力で結界を殴りつけた。だが、乱打なんてしない。必殺。その一撃で何もかもを打ち砕くという意思と力を込めて、佳奈は結界へと全力の拳を叩きつけた。

瑞樹の雷をもってしても無傷だった結界は、佳奈の拳によってヒビが入った。

そしてそれは徐々に広がっていき、ガシャンとガラスが砕けるような音を立てて砕け散った。

「セヤッ！」

瑞樹は魔法を放ち終えると、結界が壊れる前から動き出していた。

そして、結界が壊れると同時にボスへと向かって踏み込み、持っていたナイフを刃の根元まで深く突き刺した。

「刺した！　これでっ！」

ナイフを刺した後は、魔力を流してナイフに込められた魔法を発動すると、変にダメージを加えて殺してしまわないようにと瑞樹はボスのクラゲから距離をとった。

瑞樹がナイフを刺してからしばらくはなんの変化もない感じで動いていたクラゲ達だが、ボスも遠くから集まってきた子分達も、全てが突然暴れ出したかと思うとパタパタと地面に落ちていった。

「成功、したみたいね」

「うん。お疲れ、瑞樹」

「佳奈もね。お疲れ様」

二人はそうして互いに労うと、終わった事を頭が理解したのかドッと疲れを感じて息を吐き出した。

「でも伊上さん、やっぱり流石としか言えないわね」

先ほどまでは鬱陶しいほどに浮かんでいたクラゲ達だが、今は飴が降っているだけで、クラゲ達は全て地面へと落ちていた。

そんな光景を見て、感嘆の息を吐きながら瑞樹はつぶやいた。

が、同時に、こんな事ができるなんてよほど無茶をしたんじゃないかと心配になった。

「あいつ、大丈夫かな……」

そしてそれは佳奈も同じだったようで、心配そうに表情を歪めながら小さくではあるがそう呟いた。

「それじゃあ、戻りましょうか。佳奈も心配で仕方ないみたいだものね」

「違っ！　ちが……ちが、くないけど……違うし」


――伊上　浩介――


「――ったく、聞こえてんだよ」

俺達の使っている通信機は、相手が通話を切ったとしても、自分が通話を切らないと相手の音が聞こえるようになっている。

それは電話のように受け手が反応しないと話せないような仕組みだと、いざって時に情報を伝えられないからなんだが、浅田は通話を切り忘れた状態で最後に不満を口にしていた。

というかあいつら、話を聞いてる限りだと別行動してやがったな？　まったく……言う事を聞かない奴らだよ。

「佳奈ちゃんから、ですか？」

「ああ。原因を見つけたらしい」

「やった！」

さっきの話は聞こえていただろうが、俺からはっきりと聞いた事で安心できたらしく、北原は喜びを露わにしている。

「だからこれから俺は役立たずに——まあ元々そんな感じだったが、足手まといになるから後は頼んだ」

「ん。任された」

「ま、任されました」

呪いをかけた後はろくに動けなくなるだろうけど、元々戦闘では役に立ってなかったし大して変わらないだろう。

「——来た！」

しばらく待っていると、渡したナイフの反応が活性化した。

思ったよりも遅かったが、繋がったって事は問題なくできたって事だろう。

「後は任せる！」

俺は安倍と北原の二人に向かってそう叫ぶと、すぐに術へと移った。

まずは起動したナイフの位置を特定して、それと接続——できた。

ここは雨だか飴だかになるほど魔力に溢れた空間だから、それほど大変じゃなかったな。

これが魔力の少ない空間だと接続するだけでも自前の魔力が余分に削られるから大変な

んだが、まあ上手くいったならいい。

ナイフに接続した後は俺自身に呪いをかけて、さっき繋げたナイフを通してクラゲどものボスにその呪いを流し込む。

「ぐうっ！」

分かってた事だが、きっついな……。

今やってんのは、相手の繋がりをたどって繋がってるやつ全てに呪いをかける方法だ。クラゲの大元だけじゃなくてそこから分裂したやつも、クラゲに魔法をかけて改造したやつも、そしてナイフを通じて繋がった俺も。

全員が等しく呪いを受ける感染型のもの。

本来は恨みのある相手の家系を根絶させるための呪いだが、俺がやってるのはその呪いをベースにちょっといじって特定の条件を満たすもの全てに効果がある呪いだ。

特定の条件、それはこのクラゲの魔力。このクラゲは全てが分身であり本体であるため、全ての個体が同じ魔力の波形をしている。

そして、そんなクラゲ達に干渉して何かをやらかそうとしていた輩も、このクラゲと繋がりがあるだろうからクラゲ達と同じ魔力の反応を示すだろう。相手の血族を殺すための条件である『血』の部分を『魔力』に置き換えた感じだな。

これなら、このクラゲ達も、その裏にいる馬鹿共も一緒に呪う事ができる。

だが、俺も呪われる事になる。当たり前だ。何せ、クラゲの魔力に干渉して呪ってるんだから、それに繋がっている俺だって対象に決まってる。

しかも、俺には呪いの適性がないから相手にかけた呪いの一部が返ってくるので、なおさら呪いが酷くなる。

全ての相手に百のダメージを与えて、自分は百五十のダメージを受けるとか、そんな感じだ。

普通ならやらないようなバカなやり方だろう。呪いの専門家なら、こんな事をしなくてもささっと呪って滅ぼす事ができるかもしれない。

だが呪い関連に適性のない俺が効果を出すには、無茶をやるしかない。

この方法は、対象が保有してる魔力の流れをグチャグチャに乱して暴走させて殺す。

繋がっている全ての魔力が多ければ多いほど効果がある。

空飛ぶクラゲなんて物理法則無視した魔力の塊は死ぬだろうし、モンスターを改造できるほどの腕前のやつも大ダメージを負うはずだ。

俺は三級に相応しい魔力量しかないし、この術を使うのに結構魔力を使ったから、魔力があるって言っても致命的ってほどの影響は出ない……と思う。

まあ死ぬ事はないだろう。多分しばらく魔法がうまく使えないのと、術を終わらせた後にはぶっ倒れるって事くらいじゃないだろうか？

そんなわけで苦しいのは覚悟してたが、思ってたよりきつい。

高熱の時のふらつきが常にあり、吐き気を催した時の何かが逆流するような不快感が食道だけではなく全身の至る所から感じられる。

「い、伊上さん!?」

なんだ？　北原が叫んでるが、何か問題でもあったのか？

「血がっ！」

ち……血？

「全身から血がっ！　目や鼻からもっ！」

ああ、なるほど。俺の体から血が出てるから驚いたのか。

体の中の不快感に耐えながら呪いを維持してるせいで、他の感覚は鈍くなってるが、血が出るほど俺の体に影響があるって事は、成功してるみたいだな。

でもまさかこんなに早く影響が出るとは……失敗しないようにって力入れすぎたのがまずかったか？

いや、それで失敗した方がまずい。宮野も浅田も危険を承知で敵の中に突っ込んでいったんだ。このくらいは耐えるべきだろ。

「い、今治します！」

「や……め……」

まずい。治そうと思うほど俺の状態はひどいんだろうが、今俺が行っている呪いは、体内の魔力を暴走させるものだ。

治癒なんてかけたところで、それも暴走しておしまい。むしろそのせいで死ぬかもしれない。

それに、これは魔力的に繋がった相手全てにかける呪いだ。

今の俺に治癒なんてかけたら、北原も呪いの対象になる。

その事を説明してなかった俺のミスだが……まずい。なんとかして止めないと。

「晴華ちゃん!?」

「ダメ」

「どうして!?　このままじゃ伊上さんがっ！」

「分かってる。でも、ダメ。逆効果」

こうなると分かっていたのに、止められるかもしれないと思ってまともな説明をしなかった俺もいけないんだが、どうやら安倍が気づいて止めてくれたようだな。良かった。

だが、後少し……。後少しで、この呪いは完成する。

そうしたら接続を切って、術を解除する。そうすれば死ぬ事はない。

それを伝えたいんだが、そんな事に余力を割くくらいだったら一秒でも早く呪いを完成させたい。

だって、あいつらは今もモンスターの群れの中で戦ってるだろうから。

「――できた」

そうこうしている内に呪いが完成しナイフを通じて敵に流し込んで――よし、できた。

これで後は接続を切って、術を解除して……ああ、これで、終わりだ。

「あ、ど……まか、せ……」

後は任せた。そう言うつもりだったのに最後まで言い切る事ができずに俺は意識を手放した。

エピローグ　準備を終えて文化祭へ

「――う……あ――――……」

くっそ気分悪いな。なにがどうなってこんなんに……ああ、自分で呪いかけたんだったな。

体を起こ――そうとしたが起こすどころか首を動かす事もできなかったので、仕方なく視線だけで周囲の様子を確認する。

……こりゃあ、随分といい部屋だな。

俺が寝ているのは病院のベッドみたいだが、それ以外がなんかすごい事になってる。

部屋のそこらじゅうに呪い関連の道具が置かれている。

多分俺が俺にかけた呪いの解呪のためだと思うが……よくここまでやったな。

「なーす、こーる……」

押せねえや。ってか体が動かないんだった。

良く見ると体に何本か管が繋がってる。それほど重傷だったんだろうな。

まあ納得だ。結構無茶やったし、術の途中で死ぬかもしんねえなんて思ったくらいだからな。

仕方ない、寝てるか。どうせやる事も……そもそもできる事もないしな。

と思ったのだが、部屋の扉を叩く音がして顔をそっちに向けようとしたが動かず、諦めて視線だけ向けると、ガラガラと扉を開けてヒロが入ってきた。

「コウ。起きてんだろ」

「……ひろ?」

ヒロのその言葉からしてなんらかの方法で俺が起きたのを察して来たようだ。

多分この管だろうな。胸にもついてるし、心拍数とかそんな感じのやつを見てるんだろう。

「ああ。っとああ、無理して喋んなくていいぞ。まだだるいだろうからな」

呂律がうまく回らずかすれている俺の声を聞いて、ヒロはそう言いながら隅に置いてあった椅子を出して座った。

「まず俺がここにいるのは、俺がお前の関係者だからだな。『上』はお前に死んでもらっちゃ困るって事で助ける事になったんだが、その担当が俺になった」

ああ、一応こいつは冒険者関連のお役所仕事だったな。

まあそれを言ったら俺もなんだけど、全然公務員って感じがしない。

「まあその辺はあれこれと色々ある感じだが、お前としては自分がぶっ倒れた後の事が気になってるだろうからそっちを話すな」

ああそうだった。そういやあの後どうなったんだろうな。

多分クラゲどもは全滅させたはずだし、宮野達も途中であのダンジョンに最初っからいた土竜型のモンスターに襲われるようなヘマはしないだろうから、全員無事だと思うが……。

で、話を聞いてみたんだが、どうやら普通に無事だったようだ。

所々怪我はあったものの、それも北原が治癒できる程度の軽いもので、むしろ一番酷かったのは俺だったそうだ。

まあ、酷い状態になったってのは俺自身よく分かってるけどな。

「で、だ。お前、今回どんな術使った？　解呪しようとしたやつまで呪われて大変だったんだぞ」

そう不満を込めて言われたが、ヒロは俺がまだうまく話せない事を知っているから答えなんて求めていない、単なる軽い冗談みたいなもんだろう。

「素人が色々混ぜたせいで、その道のプロでも下手に手を出せないようなごちゃごちゃ具合だったそうだ。解呪にきたやつが何人か一緒に呪われたぞ」

そりゃあそいつのせいだろ。よく分かりもしない呪いに手を出して――あ、いや、手を出さざるを得なかったのか。

国の命令だってんなら、原因が分からなくても助けるしかないもんな。

「ついでに――お前や解呪にきたやつと同じ呪いに、全く関係ないはずのお偉方の何人かがかかった」

そう言った瞬間、ヒロの表情が真剣なものへと変わった。

……まあ、そうなるだろうな。

全く関係のないはずのやつが俺の呪いにかかったってんなら、それはどっかで関係があったって事だ。それも、魔力の繋がりができるほどの深い関係が。

今回のは放っておけば日本が――いや、世界が危険に晒されたかもしれないほどの異常事態だった。

最悪の場合はニーナが手当たり次第に燃やして、ダンジョンもぶっ壊せばなんとかなっただろうが、それまでにどれくらいの被害が出た?

そんな事件とお偉いさんが関わってたんなら、そりゃあどう考えてもまずいだろうな。

「お前が使ったのは、件のクラゲ型モンスターに改造の魔法をかけたやつまでかかる術だったんだろ？」

頷くが、正確には魔力によって繋がりのできていた全ての存在を呪う術だ。

流石に繋がっていても、その繋がりが離れすぎていたら効果は出ないだろうが……まあクラゲのボスに魔法をかけたやつと、それからそいつに魔法をかけたやつ、あるいはかけられたやつ程度だったら十分に届くはずだ。

「って事はだ、そいつらも今回の件に関わってるって事でいいんだよな？」

それは、はっきりとは言えないな。

繋がりがあるって言っても、ただ単に一方的に魔法をかけられただけって可能性もある。まあそれはそれで繋がりがあるんだろうし、公共の場で魔法をかけるなんて事はしないだろうからなんらかの形で関わっているだろうな。

それも繋がりが薄れないような数日……遅くとも二日以内には犯人と会っているはずだ。

「――っはあ～～～……めんどくせ」

「そい、つら、は……？」

ヒロ達としてはめんどくさい状況だろうが、俺には何もできる事がない。

とりあえず俺の呪いにかかったやつらがどうなったのかって事を聞きたかったので、ヒロにその事を尋ねた。

「『お話し中』だ。これはまあ、お前のおかげだな。普通ならできないが、お前の呪いが移ったせいで、それを解除するって名目で集めて頭の中を弄くり回してる。多分もう『お話し』自体は終わって色々と分かってるだろうけどな」

「てつだ、うか?」

「手伝い?　いやいいよ。まあ、お前は休んでろ。まともに喋れない状況じゃ、手伝ってもらうにしても何もできないからな」

できる事は何もないと分かっていても、それでも今回関わったんだし、手伝った方がいいんだろうかと思って言ったんだが、すぐに断られてしまった。

「それにな、お前んところの安倍ちゃん。あの子にも疑いがかかってる。まあそれはあの子ってよりも、正確にはその家……ってか本家だな」

安倍が?　なんであいつの家が疑われてんだ?　あいつだって今回の被害者だろうに。

……いや、本家?　それはつまり『安倍の家』って事か?

「考えてもみろ。今回の件はモンスターの使役と改造だ。陰陽道の専門家である安倍の家は似たような事ができんだろ?」

その言葉でなんとなく察する事はできた。

式神。それは日本ではそれなりに知られた方法だろう。

自分の望む人造の僕を作るか、既存の存在を使役するかの二つの方法があるけど、そのどっちかの方法で自分の従者を操る技術。海外風に言ったらゴーレムとかそんな感じのだが……まあ確かに、怪しいっちゃ怪しいな。

ただ、必ずしも犯人と繋がりがあるってわけでもないと思う。

安倍の家は陰陽道で有名だが、だからと言って他に式神を使う古い魔法使いの家がないわけでもない。

それに、陰陽師なんて昔はそれなりの数がいたんだから、その血筋で表に出てきていない奴らがいてもおかしくない。

まあ、その程度はヒロ達も理解してるだろうけど、それでも可能性としては考えているのだろう。

そしてその安倍の娘を放っておくわけにはいかないから俺と離せない……いや、もしかしたら俺も疑われてる？

その可能性はないわけじゃないな。『上』は俺の価値を認めてるみたいだけど、全員が認めてるってわけでもないはずだし、自作自演を疑うやつだっているだろう。

俺から言わせてもらえば、自作自演で死にかけるかよって言いたいところだが、それだけの覚悟があったって言われればそれまでだしな。

「っつーかだな、疑い云々を抜きにしても、お前はこれまで頑張りすぎだ。お前のためだと思って冒険者でいる事を押し付けたのは俺達だが、それでもお前は頑張ってるってか、無理しすぎだ。少しくらい休んでもバチは当たらねえさ。だから、ちったあ大人の言う事聞いて休んどけ」

頑張ってる、ねぇ……何言ってんだか。大人って言っても、そんな変わんねえだろうが。俺もお前も、もういい歳したおっさんだ。子供扱いされる歳でもねえだろに。

「おとなって、いっても……っ」

そう言ってやりたいが、うまく声が出ないのがもどかしい。

「はっ、一秒でも早く生まれたら年上だ。年上イコール大人だ。いいから黙って休んどけ。必要な裏作業やなんやかんやはこっちでやっといてやるからよ」

だが、それでも俺の言いたい事が理解できたのか、ヒロは軽く笑うと立ち上がって椅子を片付け始めた。

年上で大人ねぇ。ま、なんにしても良いって言うんだったら、いいか。俺はダラダラ過ごしてればいい。

「だから、お前はこっちの事より、あっちに気を遣え」

そうしてこんな時くらい休む事に決めた俺は椅子を片付け始めたヒロを見て、なんだもう帰るのか、なんて思ったのだが、ヒロは自分が入ってきた部屋の入り口の方を指差した。

　そんな動きにつられて視線を向けると、そこには僅かにドアを開けてその隙間から顔を見せている宮野達と、姪の咲月がいた。

「まて……」

「待たねえよ。なんか情報を伝えられそうなら伝えっから、体を治せ。それから……気いつけろよ」

　あ……まずい。

　そう思ってヒロを引き止めるが、ヒロは止まろうとはせずに歩き出した。

「んじゃあ、また学祭ん時には会いに行くからな～」

　そして最後にそう言うとヒロは部屋を出て行き、外から話し声が聞こえたすぐ後に浅田を先頭にして宮野達が入ってきた。

　——んだが、どうも顔が怖い。なんだか怒ってるような……てか確実に怒ってるなこりゃあ。

　多分俺が呪いの副作用について詳しく言わなかったからなんだろうけど……。

　まあ仕方ない。年下の女の子に叱られるのは情けないが、叱られるだけの理由を作った事は理解してる。

それに、まあ……叱ってくれる相手がいるだけありがたいと思わないとだよな。

「ちょっとあんた。話があんだけど？」

でも、確かに俺のせいだし仕方ないんだが、これからカツアゲとか、なんか不良に絡(から)まれるようなセリフだな、なんて思ってしまい、声が出ないまま笑った。

そのせいで更(さら)に怒られたが、まあいい経験だった。

「さて、今日は文化祭当日なわけだが……」

俺がぶっ倒(たお)れてから約二週間。今日は文化祭の日だ。

呪いによる自爆(じばく)の影響は、戦闘には万全(ばんぜん)とは言いがたく不満が残るものの、生活するだけならなんの問題もないくらいまで回復した。

「もう人が並んでんのか。結構いるな」

現在は八時近くで、まだ始まるまで一時間ほどあるというのに、窓から外を見ればすでに校門の前には一般客(いっぱんきゃく)が列を作っていた。

「そりゃあね。でも文化祭ってそんなもんでしょ？」

誰に話しかけるでもなく呟いただけだったのだが、そんな言葉に答えるような声が聞こえたので振り返ると、そこには真っ赤なドレスを着て化粧をした浅田が立っていた。

「んあ？　ああ、お前か」

以前の着付けの時には見なかったけど、元々が悪くないので結構似合っている。

といっても、今更何かを言う事はない。

何せもう一時間近く一緒に行動しているのだから、見慣れたものだ。

今は俺達が店を出す時間ではなく、その前のプレオープンというか、七時から九時までの二時間は学生だけの時間だ。

その間に俺達は、というか宮野達はドレスを着て宣伝がてら学校を練り歩く事になった。

ちなみにその間は店をやらない。理由としては、メンバーの一人である俺に無理をさせないためってのと、人手が足りないからだ。

なので、朝の時間は自分達が客として楽しみ、一般開放されてから昼過ぎまでだけ店をやって、その後はまた客として楽しむ事となった。せっかくの文化祭なのに申し訳ない気もするが、仕方ない。

まあ、学園祭を楽しむ事もできるんだから、考えようによっては悪い事ではないだろう。ずっと店をやってるより、店としても、客としても、両方参加した方が楽しいだろう。

「なに、その反応」

「んや、なんでもねえよ」

「……そ」

他のメンバーはと思って視線を向けると、そこには他の女子生徒達に囲まれながら話している宮野達がいた。

多分あいつらの知人や友人だろうな。何度か見た事がある気がする。

「わあっ、瑞樹、キレーだね！」

「安倍さんも、可愛い～」

「柚子～。そんなおっきいのを見せつけてくれちゃって、自慢か？　自慢なのか？」

全員普段は着ないような胸元を見せる感じの割と大胆なものを着ているので、他にコスプレをしている生徒がいる中でもそれなりに注目を集める。

「ねえ……」

だが、浅田はなぜか少しだけ沈んだような雰囲気を出しながら、俺と同じように窓に寄りかかって話しかけてきた。

「ん？　なんだ？　お前はあっちに交ざらないのか？」

「だって……」

そこで言葉を止めると、浅田は楽しげに話している宮野達へと視線を向け、息を吐いた。

「あたしがドレスなんて着たところで、瑞樹達みたいに華なんてないし……」

浅田は小さく呟くと、俯いて黙り込んでしまった。

……どうやらこいつは自分の見た目に自信がないようだ。

だが、そんな事ないと思うんだけどな。

さっきも思ったが、こいつの見た目は悪くない。

戦闘でエネルギーを使うから太る事はないし、覚醒者としての能力ゆえに肌が荒れる事もない。

そもそも覚醒者ってのは、肉体の性能が上がるからか、そのほとんどは見た目が悪くないもんだ。だが、その中でもこいつらは上の方だろう。

だが、それはこいつだけじゃなくて宮野達、他の三人もそうだ。

だからこそこいつは自分が劣っていると考えたんだろうが……さて、どうしたものか。

「……馬鹿かお前？」

どうするか考えた末に、俺はとりあえず慰めるというか、励ます方向で行く事にした。

これをするとなんかカッコつけてる感じがするし、俺達の関係とも呼べないような微妙な間柄を考えると、後で色々悪化しそうでやりたくはなかった。

が、このまま放置する事もできなかった。

「ば、馬鹿ってなによ！　こっちは真剣に悩んで――」

俺の言葉に浅田はキッと俺の事を睨みつけてくるが、その様子には普段よりも覇気がなく、やはりどこか沈んでいるように感じられた。

「女ってのは、化粧して着飾れば誰だって『華』になれるもんだ。その華が毒華だったり悪臭を放ったりってのはあるが……お前はそうじゃない。もっと自分を誇れよ。そんなふうに引っ込んでるなんて、らしくねえだろ。他人を羨んで勝手に雑草に成り下がってんなよ」

化粧をしたところでその内面まで偽る事はできないし、着飾ったところでその性根までは綺麗に見せる事はできない。

だが、こいつは違う。元々それなりに良い顔立ちをしてるってのもあるけど、前衛として運動をしてるから体は引き締まってるし、出るところは出てる。

だが何よりも、それ以上に内面が良い。

ひねくれても腐ってもない。優しく、ただひたすらに真っ直ぐな心。

その内面の良さが表に表れているからこそ、こいつは『こいつらしい』って言えるんだ。

そんなある種の美しさがあるからこそ、こいつは周りを明るくできる。

「胸を張って前を向け。そんで笑ってろ。それだけで十分綺麗だよ。お前は『華がある』んだからな」

自分でも結構恥ずかしい事を言ってる自覚はある。いつもならこんな気取った言葉は言わない。

だが、多少言葉を飾りはしたが、思っていた事自体は嘘ではない。俺は確かにこいつの事を綺麗だと思ってるし、華があるとも思ってる。

「――あ……ありがとぅ……」

「どーいたしまして。だからほれ、お前はあっち行っとけ」

俺を見ていた浅田はまた表情を歪めると俯いて、言葉尻を小さくして呟いた。

そんな浅田の肩に手を置くとビクッと反応したが、俺はそれを気にする事なく女子達が集まっている方へと押し出した。

「あっ、佳奈さん！　わあっ、それが噂に聞いてたドレス？　すっごい綺麗！」

そこにちょうど咲月がやってきたようで、浅田を見て楽しげに話しかけている。

だが、いつまでもここで話しているわけにもいかないので、あとは歩きながらの話となった。

「伊上さん、自分の言動自覚してます？　そんなだから勘違いさせるんですよ？」

だが、しばらく歩いていると宮野が俺の横にやってきて、そう話しかけてきた。

「なんの……いや、浅田か。聞いてたのかよ」

「これでも耳は良いですから」

「さすが特級ってか？」

そんな大きな声で話していたわけではないし、周りにも話している生徒はそれなりにいたから聞こえないと思ったが、どうやら宮野には聞こえていたようだ。

「——で、なんであんな事言ったんですか？　佳奈の気持ちは分かってるんですよね？」

……まあ、あれだけの事があればそりゃあな。半年も経ってないんだし、忘れるには早すぎる。

浅田の好意に対して俺ははっきりと答えを返していない。

一応断ったんだが、拒絶ってほどでもない。

断るのならはっきりと拒絶するべきなんだが、今回は受け入れるつもりもないのに自分から歩み寄っていった。

そのため宮野の表情は僅かに険しくなっており、怒っているんだと感じたが、そりゃあそうだろうなとしか思えない。

だが、それでも放っておけなかった。

「……女が泣いてたら、多少気取った事を言って自分が笑われたとしても、それを笑わせるのが男の役目だろ。少なくとも、俺はそう教えられたぞ」

あいつ――元恋人である美夏は冗談まじりだったんだろうが、喧嘩したり、あいつに悲しい事があったりすると、俺はかっこよく慰めるのを要求された。

その時の癖ってのもあるが、俺自身それが間違いだとも思っていないので……まあ、なんだ、やらかしたわけだ。

後悔はしてないし、するつもりもないけどな。

「……やっぱり、すごくいい人ですよね。女の子から好かれるのも仕方ないって思いません？」

「思わない。もしそうなら、他の奴らがだらしないだけだ」

「……そうですか。なら、まだ誰とも付き合う気にはなりませんか？」

「ああ、ならないな」

そこで会話は途切れ、宮野はため息を吐いた。

だがすぐに頭を切り替えたのか、俺の前に立つとくるりとドレスを翻して回ってみせた。

「――ところで、私はどうですか？　佳奈みたいに何か、あります？」

「似合ってるよ、って？　言う必要ないだろ。落ち込んでるわけでもないし、今更じゃないか？」

「そんな事ありませんよ。これでも内心では何も言われなかった事で傷ついてます。だから、何かありませんか？」

そんなどこか冗談めかして言う宮野だが、その様子は最初に会った時とはだいぶ変わったように感じた。

見た目や能力って話じゃない。どこか、内面が……心の在り方とでも言うのか？　それが変わったような気がする。

「……お前、変わったな」

宮野は最初にあった頃(ころ)は仲間や友人であっても、どこか一歩引くような態度だった。なんて言うかな。友達なんだけどどこか上っ面(つら)の笑いって感じがしていたし、それは俺に対しても同じだった。

こいつは一度、どうして壁(かべ)を作るのか、なんて聞いてきたが、俺に関わりにきたと言ったらあれくらいだろう。

それが最近では浅田達との仲が深まり、俺に対してももっと踏(ふ)み込むようになってきた。

「そう、かもしれませんね。今までは、仲間であってもどこか線引きをしてましたから」

宮野は一瞬(いっしゅん)だけ目を瞬(まばた)かせると、フッと自虐(じぎゃく)するように笑って言った。

「あなたのおかげです。伊上さんにその気はなかったでしょうけど、あの時あなたが色々とぶちまけてかき混ぜてくれたから、私は自分が勝手に引いてた線を取り払う事ができました」

あの時、ねぇ……。

ぶちまけてかき混ぜた、って言葉からすると、あの時ってのは、学校襲撃事件の前に俺が色々こいつらの秘密とか内心をぶちまけて、チームをぶっ壊しかけた時だろうな。

「それに、それを言ったらあなたもじゃないですか？　最初とは大違いですよ」

「……かもな」

まあ、だろうな。俺も最初の頃とは変わったって自覚はあるよ。

「これからもよろしくお願いしますね」

「俺としてはさっさと辞めてえんだけどな」

「なに言ってるんですか。まだ始まったばかりですよ」

俺としては、まあこいつらに教えるのは構わない。と言うか、もうそこは諦めている。

だが、できる事なら冒険者ってのは辞めたかった。

一応今の職業は冒険者じゃないんだが、やっている事自体は変わらない。

どうしてそんなに辞めたいのかって言ったら、とりあえず最初に決めた事を終わらせたいってのもあるが、なんつーか嫌な感じがするんだよなぁ。

今年も半年も経ってないのに学校の襲撃とイレギュラーなんて二つの危険イベントに遭遇したし。

あいつは特級じゃないいっつっても、それに迫るほど危険だったたし、ともすれば普通の特級以上だった。

冒険者を辞めてダンジョンに入らなくなったからって、危険が無くなるってわけでも『上』から使われなくなるってわけでもないだろう。

だがそれでも、冒険者を辞めたいという思いはなくなっていない。

そんなわけですぐにでも冒険者を辞めたいんだが……はあ。どうやら俺はまだ辞められないらしい。

「言いたい事、考えたい事、考えなきゃいけない事……いっぱいあると思うけど、今日くらいは楽しみましょう。だって、せっかくのお祭りだもの」

そう言った宮野の表情は、いつもの年上を相手するような少し取り繕ったものではなく、子供同士、友人同士で話すかのような気軽なものだった。

「ならお嬢様。お手を拝借。……なんか違うな？　こういう時どう言うんだ？」

「ふふっ、伊上さん自身の言葉で言えばいいんじゃないですか？」

「俺の言葉ねぇ……ならもう、さっきの言葉のまま変えなくていいか」

そう言って宮野の手を取ると、浅田達の元へ戻るべく歩き出した。

「せっかくのドレスですけど、ダンスとか踊りますか？」

「あん？　そこまでする必要はないだろ。ってか、そこまでする時間も場所もねえんじゃねえの？　置いていかれるぞ」

「む、確かに今はできませんけど、必要かどうかは別だと思いませんか？」

「まあ機会があったらな。それに、お前らダンスなんて練習した事あるのかよ？」

「……ないですね」

「ならどのみちできないだろうが」

「ですね。でも、そのうち『機会』のために練習しておきますね」

お前らが練習したところで、俺も踊った事なんてないから結局は無理だけどな。

……でも、こいつらの場合はなんだかんだで強制的に踊らされそうだな。練習、しとくか？

「どうせいつか必要になるから『練習はいらない』なんて言えないのがなぁ……」

こいつらが俺を踊りになんて誘わなければそれでこの話はおしまいなんだが、練習するなとは言えない。

「それにしても、お前〝ら〟ですか」

「何がだ？」

　宮野はそう言いながらくすくすと笑っているが、俺にはなんの事か分からない。

「さっきの言葉ですよ。『お前らダンスなんて』、って言ってましたけど、〝ら〟って誰の事ですか？　踊ろうって聞いたのは私だけなのに、私以外にもダンスの相手として見てるって事ですよね？」

　……それは、まあ、流れというかなんというか。ついそう言ってしまっただけで、別に宮野の言うような意図があるわけではない。と思う。

「……それは言葉の綾だろ。他人の揚げ足ばっかり取ってると嫌われるぞ」

「大丈夫ですよ。相手は選んでいますから」

「……はぁ」

　ほんとに変わったな、この勇者様は。

「ほれ、あっちに戻れ勇者様。それとお付きのメンバーども。もうすぐ始まるんだ。店に戻るぞ」

　このまま話していてもなんだかいいように揶揄われそうな気がしたので、この状況を終わらせるべく、友人達と話していた浅田と安倍と北原に声をかけた。

「ちょっとー、お付きのメンバーってなんなの？　もっと他に言い方ってもんがあんでしょうが」

「あー、はいはい。いいから店に戻るぞ。もうすぐ始まんのに店員がいねえって事になるとダメだろ」

言い出したのは宮野との話を終わらせるためだが、実際あと二十分もすれば一般公開が始まる。その前に移動や確認や準備なんかを終わらせないとまずい。

「あ、あの、それなんですけど……」

「あん？」

「お客さん、来るんでしょうか？」

珍しく北原が自分から声をかけてきたと思ったら、客が来るか不安なようだ。

まあ俺達の店はものがものだしな。ちょっと高めに値段を設定してあるから、客からしてみればとっつきづらいかもしれないし、そのせいでそんなに来ないかもしれない。

「まあ、売るものの値段の事があるから、そう思うのも無理はないだろうな」

だが、俺としてはそれ自体はどうでもいいと思ってる。

確かに値段の問題はあるが、ここは『勇者様のお店』だ。宣伝はしていないが、客なんて嫌でも寄ってくる。

それに、高いっていっても、通常価格よりは安いんだから大丈夫だろ。

それに、客が多いのも、まあそれはそれで楽しいだろうが、俺達は人数が少ないんだ。そんなに客が来ても捌き切れないと思う。

「つってても、どうにかするための準備はしてあるから安心しとけ」

「そんなのが準備してあるんですか？」

「一応な。だからまあ、お前らは自分達がやるべき事をやっとけ」

とはいえ、せっかく楽しみにしてたんだから、楽しんで欲しいとは思うので、準備はしてある。

そんな俺の言葉に一応納得したのか北原は頷き、その場での話はそれで終わりとなり、俺達は自分達の店へと戻っていった。

「──こんな感じで大丈夫でしょうか？」

「んー……オッケー。そんな感じでやってれば大きな問題はないはずだよ」

文化祭の本番とも言える一般の人達がやってくる前に、最終確認として一度商品を作り、それを助っ人に来ていたケイに確認してもらった。

今まで何度も調整をしてきただけに、本番前とはいえ特に問題はないようで、ケイも安心した様子を見せている。

「悪いな、ケイ。手伝ってもらって」

「んや、まあ前から約束してたしな。こっちも宣伝になるし、問題なしだ」

「ヒロやヤスも今ごろ駐車場の方で宣伝してるだろうし、ほんと助かるよ」

ケイには調理指導と、ダンジョン産素材の調理資格持ちとしてこっちに来てもらっているが、ヒロとヤスには特にやってもらう事もなかったので、俺達の店の宣伝をしてもらっている。

その際ケイの店やヤスの会社の宣伝もする事になってるから、素人の扱うダンジョン産素材といってもそれほど不安がられる事はないと思う。

「もう始まるけど、大丈夫かな……」

そして開始五分前となったのだが、不意に北原がそんな事を呟いた。

「安心しろ、なんて言っても無理だろから、そろそろ安心できるようにしてやる」

そんな北原の不安が伝播したのか、他の三人もどことなく心配そうに窓から校門の方を見始めた。

まあ、ここからでは校門は見えないわけだが、それでも視線を向けてしまうのはやっぱり不安だからだろう。

「まずは水を用意して、そこに薬をぶち込んで……」

そんな四人の様子を無視して、俺はバケツに水を汲んで客寄せの準備を整えていく。

俺の行動が気になったのか、四人は窓の外から俺へと視線の先を変更し、何も言わずにじっと見ている。

「何の薬？」

だが、バケツの用意を終えて座った俺がバケツの水の中に薬をドボドボと入れた事で、安倍が問いかけてきた。

「魔力感応薬だ。魔法の道具を作る時によく使うやつで、自身の魔力の通りを良くするもんだ」

そう言うと安倍と宮野と北原の魔法使い組は納得したように頷いたが、唯一純粋な戦士系の浅田だけは分からなかったようで、首を傾げている。

まあ戦士系は魔法の道具なんて使う事はあっても作る事はないだろうし、分からなくても仕方がないだろう。

本来この薬は錬金術の際に使い、小さな変化を見て細かい調整をするもんだ。

だが、今はその効果じゃなくて、魔力を通りやすくするって事が重要なんだ。

用意したバケツの水に感応薬を入れてかき混ぜると、それで準備は完了だ。あとはこれに魔法をかけるだけ。

呪いの影響でそれほど強い魔法や長時間かける事はできないが、まあこの程度ならできるだろう。

俺は時計で時間を確認すると、タイミングを見計らって魔法の構築をしていく。

「あ、始まった」

万が一にも失敗しないように丁寧に、時間をかけて構築していくと、その間に文化祭の一般公開の開始を告げるチャイムが鳴り、それを聞いた浅田がどこか間の抜けた声で呟いた。

祭りは始まったみたいだし、こっちも準備はできた。そろそろやるか。

そうして俺は構築を終わらせた魔法を発動させた。

「わあっ！」

「可愛い！」

俺が魔法を発動させると、バケツの中に入った水が空中に浮かび上がり、いくつもの小さな球に分裂した。

一つの球は直径が二十センチ程度で、分裂した球はうにょうにょと蠢くと、その姿をデフォルメされた動物に変えた。

鳥やウサギやライオン、馬に鹿にイルカにマンモス。

空中に浮かんだ水はそんないろんな動物へと形を変えた。かと思うとその体を凍らせて氷の彫像になり、風を踏みしめるように空を走り回った。

そんな姿を変えた氷の動物達だが、俺はそれを窓から外に放つと校門の方へと飛んで行かせた。

「あ――」

空を飛んで見えなくなった動物達を見て、悲しげに声を出したのは浅田だった。こいつの部屋にもそういう感じのぬいぐるみがあったし、多分動物が好きなんだろう。

「何やってるんですか？」

「道案内だ。この後は人にぶつからないように天井スレスレで飛ばして誘導する」

「見てないのに？」

宮野と安倍は見ないで操作する事の難しさが分かるからか、目を見開いて驚いている。

だがまあ、俺だって手動で操作してるわけじゃない。

「練習次第ではできるんだよ。あらかじめ決めておいた特定のルートを進ませるだけだから、それほど難しくない」

とはいえ完全にコースを設定すると魔法の規模がでかくなりすぎるから、完全オートでもない。オートでもマニュアルでもなく、セミオート状態だ。

だがこれは、これから祭りが始まるってんで生徒達は廊下を歩かずに自分達の出し物の場所にいる今だからこそできる方法だ。人が多く歩いてるとぶつかる可能性が高まるからな。

「さあ、せっかくの祭りだ。精一杯楽しめよ」

そうして文化祭は始まり、俺の魔法の珍しさに惹かれたからか、まだ祭りが始まってから間もないというのに人がやって来た。

To be continued……?

あとがき

まず初めに、本書を手に取っていただいた皆様ありがとうございます。
本作品である『最低ランクの冒険者、勇者少女を育てる』もついに三巻となりました。

今回は文化祭の準備編ということなのですが、ｗｅｂ版ではなかった伊上の姪っ子の出番が増えています。というか、あちらではそもそもなかったので初登場ですね。

姪っ子ちゃんは、本当はｗｅｂ版でもまともに出てくるはずだったんですけど、書くのがめんどくさくなって名前だけの登場だったんですよねぇ。

私は頭の中で物語ができあがっちゃうと、それを文章にするのがめんどくさくなって省くことがよくあるのですが、まあこの子もそんな理由で削られていた不憫な子でした。それが書籍になったことで出て来ることになりました。

正直、彼女はメインストーリーに大きく関わってくることはない……と思うので書籍版でも省いちゃおうかな～、とか思いもしましたが、出てもらった方が面白くなるのでちゃ